①在福州鼓山摩岩石刻前（1962）

②与艾青（左）、江丰（右）"文革"后重逢

③与北岛（左）、舒婷（右）在八达岭长城（1977）

①与丁玲（左）（1979）

②与顾城（右）（20世纪80年代）

①与陈企霞（左一）、董玲（左二）、金治（左三）重逢

②与牛汉（左一）、曾卓（左二）、郑敏（左四）、屠岸（左五）

①

②

①欢迎北岛的聚会。前排左起：邵燕祥、蔡其矫、北岛母亲、牛汉、
　谢冕；后排左起：苏历铭、吴思敬、北岛、徐晓、史保嘉、林莽、
　张洪波、刘福春、李占刚
②与公木夫妇在广西

①在南海（1994）

②在前往西沙的船上（1994）

③在西沙将军林（1994）

①与张贤亮（右）在西部影视城（1997）

②与余光中（右一）、刘福春（右三）、沈奇（右四）（2003）

①在下放永安劳动改造时的居所前（2003）

②在牛汉生日聚会上。左起：郭宝君、张洪波、林莽、朱君兰、刘福春、
　姜德明、袁鹰、蔡其矫、牛汉、徐丽松、徐伟、蓝野（2006）

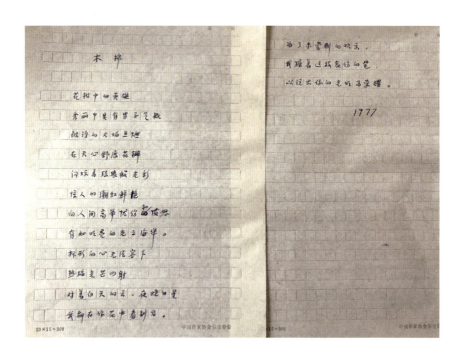

诗歌《木棉》手稿

王炳根　编

蔡其矫全集

第三册

诗　歌

1977—1982.7

海峡出版发行集团
海峡文艺出版社

目　录

1977 年

1978 年

1981 年

● **1977 年**

无题·当魔术家

当魔术家
翻手为云覆手为雨，
当暴徒在打家劫舍
焚书夺权，
当光荣的组织被毁坏
街巷充溢鬼叫狼嚎
你在哪里？

是不是回到深山
或囚在牢里？
引退为局外人
或隐身最下层？
为什么熄灭了歌声
再无动人的文字
难道都在沉思？

无耻之徒甚至也鼓吹鲁迅，

人民之子的他

会对杀人无视？

会对苦难赞美？

连盲目的斗争也失察

而不发出大声的抗议

他怎会受蒙蔽？

新谎言，新花招

赶上了旧岁月，旧压迫！

多少困惑，多少迷失

一切都达到顶点！

舆论不在人民手里

鲁迅不会出现，

他也是人民！

唯有到关键时刻

有如风起云涌

在每个角落，每个城镇

发出声讨的雷声

埋葬了一个个佞人

鼓舞起沉默的歌手

哦，人民！

1977 年 1 月 7 日

一 年

那悲伤的一年前谁都不会忘记

那转动着无数热切颜脸的广场，

那千百万人挥洒殷红的泪，

那对着黑夜升起沉重烟云的哭泣，

敬爱的周总理，你真的悄然逝去了吗？

将军听到哀乐，手中的茶杯落地粉碎，

爱人应约见面，无言以泪眼相对，

但谁都在希望这死亡不是真的。

汽笛为你长鸣，

旗帜为你低垂，

祖国的大地洒遍了泪滴；

那泪水朦胧的白天，

那顿足捶胸的黑夜，

那失去自由的痛苦，

那无处宣泄的呼声，

都在等待你的归来！

历史上任何时候，任何地方
都未曾有过这样巨大的悲伤，
你不能在这时候和我们分手呀！

敬爱的周总理，你果真没有离开我们。
一年来，你同我们一起
经历了痛苦而振奋的战斗。
……早晨清冷的街头
有几只甲虫在刷标语
用他们主子的语言诬蔑你
走过来一个工人喊声："打！"
竹梯上跌落了小爪牙
整条街道都起来追。
在南昌，在福州，在许许多多城市
墙上写满哀念你的诗，
工人署了姓名还写上住址
告诉那反对你的人
要抓就来抓吧
热爱你的人都不怕死！

一年来，你的名字
成了惊心动魄的大战场。
向你献花圈，清明节追悼你，
都会按上莫须有的罪名，
鲜血流在广场上，

眼泪哭干在牢狱里。

在遥远的海防城市

有人写诗歌颂你被打成反革命，

在古老的南方小城

有人贴悼念你的标语受围攻，

语言无法表达我们的悲愤，

信念不愿意埋在黑夜里。

也有投机家想谩骂你往上爬，

也有黑心鬼想攻击你发横财。

光明跟黑暗在你名字上交锋，

庄严与无耻在你名字上对垒。

一年来，你深入大小城镇和穷乡僻壤，

你走遍了车间，走遍了田野，

你走进每一户人家，

苍苍白发的老人

刚系红领巾的孩子

正在辛勤劳动的男男女女

都对你感到格外亲切，

你是亿万人的幸福与悲伤，

你是亿万人的命运，亿万人的思想

你是亿万人的骨肉。

你的名字像久旱的雨

落在人民焦渴的心里，

你的名字像锋利的剑

刺中了敌人的要害。

一年来，经过史无前例的苦斗
败露的敌人得到了可耻的下场
长安街上再无鬼哭狼嚎
大小城市也静了狗吠鸦噪。
电台放送颂扬你的歌曲
那歌手的深情使千万人垂泪！
报道里历述你的伟大和平凡
每次读到都热泪盈眶！
你的名字有如滚烫的泪珠
为你的鞠躬尽瘁谁能不哭！
你的名字有如进军的战鼓
激励我们向顽敌冲杀！

一年来，结束了光荣而悲壮的过去
开始了充满无限希望的未来
你的名字飞扬在整个太空，
你的名字普照着祖国大地，
如同一切伟大的人物一样
你的生命继续在我们共同的事业里，
如同你生前一样
举国上下都在遵循你的行迹。
敬爱的周总理，请你相信
为你的遗志完全实现

八亿人民将战斗到底。
汽笛再次为你长鸣，
旗帜再次为你低垂，
热泪再次为你洒遍大地，
敬爱的父亲，你安息吧！

1977 年 1 月 15 日深夜

怒火燃烧

一

在他人的血泊中
染成的红人！
骑别人的肩膀上面
假货的领袖！
什么工人？
什么军人？
不过是历史的误会！
窃取容易
暴露也彻底；
你的位置应在赌摊上
却斗胆坐在火山嘴。

二

有时披斗篷，

有时围乌巾，

在摄影机前作尽丑态

自以为风流无比

岂知受万众唾骂

你这坟墓里的东西！

要让你称意

除非把人都变成鬼；

要让你登基

连国土都要烧成灰。

三

真理不能垄断

任你搞什么"批判"公司；

不能封锁

任你把持全部舆论工具；

不能打倒

任你挥舞千万条铁棒；

不能践踏，不能欺侮

任你摆足恶霸架势

再多几个狗头军师和文痞

真理仍是扑灭不了的火焰
总有一天要烧毁全部谎言
把人心照亮。

1977 年 1 月 17 日

百年桂树

上无幽岩，下无深潭，
平平常常立在村口路边，
年年受儿童攀折
再无低枝柔条
密密团团耸云天。
老气横秋
鳞甲斑斑，
独立于晓风残月
只是郁郁苍苍。

待秋风送爽，兰菊齐放，
一夜细雨过后
也绽出碎花万点；
但见金蕊间绿叶
映日乱星天
光闪闪，亮灿灿。

更有香风十里

洋溢三秋，

蒸云路，笼山川，

引无数远客竞相攀；

手执一枝笑颜开，

归来都把秋天赞。

1977 年 1 月 18 日

火　把

在这万亩大寨田的战场上

在这扁担和板车的夜之汪洋

你熊熊地燃烧起来

有如满海的红莲

于游动中展开光焰的花瓣

把清芬沁入男女青年的心间；

为了根本改变农业的面貌

为了实现祖国的应许和希望

万人的队伍摆满群山下的原野

重现战争时代的场面

马叫人欢，出云飞烟。

你就是人民喜欢的心

你表达亿万人实现大寨县的宏愿。

这又是一次伟大的战争

要给祸国殃民的鼠辈送葬。

长久以来他们骑在人民头上

不管我们的困难

只顾篡党夺权，甚至反对生产

在庄严的荒芜中目空一切

达到前所未有的无理与荒唐。

我们知道罪恶在谁

但思想之花只能偷偷含苞

今天让它痛痛快快地开放吧！

一支支火把就是一颗颗心

只用欢乐在心的酒杯斟满，

让大地山川都被照亮，

让祖国重新辉耀战斗的光芒，

欢笑的红莲呀！

胜利的火焰呀！

1977 年 1 月 22 日

年 初

温和的风虽已来临，
百花的主意却未敢定：
太早易飘零，
太迟让人恨！
只有草心和柳眼，
依旧最先从梦中苏醒；
今年的东风应该多，
只怕雨水无凭准！

1977 年 1 月 24 日

早 春

年年
都未见这春天：
短晴久雨，
冷雾淡阳。
看看
春风是弱是强？
草新绿后，
花未开前，
这是个复杂的春天。

竹林处处出新笋，
园花欲语晓寒侵；
不知春色来多少，
去年败叶乱纷纷。

从前

"四害"横行，

万马齐暗，

花含泪，

人惊心。

如今春光泼眼，

草木怒生，

这该是丰年之兆已定。

管它暖风冷风时换，

浓云淡云常变，

山川依旧应物候，

万紫千红已不远。

但愿

山花有深红浅红，

春鸟有长声短声。

寻春者，

歌莫停，

做个东风报信人，

告诉花，

告诉树，

什么事情已在暗中成。

1977 年 1 月 27 日夜

无题·恐惧正在消亡

恐惧正在消亡
可是不堪回首。
它曾经像影子一样
到处跟你的踪迹，
生活中的一切
无不看到它的印记。
经常的胡言乱语，
经常的鹦鹉学舌，
昏昏迷迷的瞎吹牛，
打倒一切的自大狂，
你敢憎恨吗？
你敢声张吗？
洪水和地震都不可怕
就怕坦露自己的思想。
本来应该默不作声
却要你无耻歌颂；

对有些应该叫喊的

却使你缄默不响。

既不杀头，也少坐牢，

就是孩子的升学参军

为每个父母日夜揪心

甚至后悔为什么要结婚！

宫廷在恣意作案，

人民却要无限温驯。

一方面是刚愎自用，

一方面是毫无信心；

一方面是为所欲为，

一方面是谨小慎微。

生活暗淡

而绘画光辉，

该对谁相信

难道对画图？

祖国呀，为什么使你这样屈辱？

请告诉我

该怎样把它铲除？

1977 年 1 月 28 日

个人迷信宣传家

在中国

宣传个人迷信的祖师爷

从这中间发迹

在这中间毁灭。

他的继承者

更进一步

从宗教和法西斯仪式中抄袭

火花般出现

流星般消失。

你们既在个人迷信中寄生，

又在个人迷信中殡葬。

难道教训还不够深重，

你们这些不肯罢休的应声虫？

1977 年 2 月 26 日

无题·你的美丽

你的美丽有如
光华四射的喷泉
那样冷，那样迷蒙。

让孤零和苦闷
主宰你的心跳
生命即将荒废在寂寞中。

还有呼吸的自由
为什么不学飞翔的鸽子
让热情感染晴空！

1977 年 3 月 17 日

那　一　天

那一天，春桃盛开
在郊外傍着红砖屋，
向晴空和暖日
照耀如淡红的雾，
有明眸灿笑
你手扶桃树。

那一天，石头的廊下
再无荒凉与寂寞，
响着急促的声调
你将过去诉说。

那一天，半山的岩上
斜阳映照你的轮廓，
多么俏丽那暗影，
多么光辉那远处。

1977 年 3 月 17 日

（收入《蔡其矫选集》）

雨　后

夜晚长安街涂上一层油

使广场变成巨大的玻璃镜

照出万种光辉的雨云和彩灯的河

流着无穷无尽的人群和旗林

千万颗心呵，在连绵爆竹声中

怀着对自由幸福的热望

喊出了明日的战声。

1977 年 8 月 22 日

（收入《迎风》）

心 和 眼 睛

狂暴的思想不让世纪安宁
许多泪水和鲜血的河
都流进我的心。
许多枪弹
都穿进我的胸膛。
因此，心
像苹果一样熟透
折断，掉在地上
却挣脱死的牢笼
像回声响在诗歌中。

两只眼睛
两泓清水
载着愤怒和忧思
载着悲哀和欢乐
从深深的水底

像星星一样注视世界
让人、天空、树木和山
留下它们的影子。

1977 年 9 月

埋没的声音

诗的喉咙被冻僵

人民的声音被杀害

被抛进火葬场

但没有彻底消灭

穿过烟缕，透过冰封

残留在心中、眼中、歌中

像永葆光辉的星

高踞在上空

静静观看你的死亡

如果心还能回到你胸中

如果你还能感觉痛苦

即使那多层屋顶

遮住雨滴

即使有密封门窗

挡住微风

但那被你焚毁的书籍的烟
还会飘进来
它比刺痛咽喉的灰烬更辣
不会让你安宁
那未完全冷却的火场上
尸体的气味
至今还在田野里四向飘荡
它比滚烫的泪更咸
不会让你高兴

你的时代结束了
愿眼泪重新回到你眼眶
悔恨回到你心中
如果你不完全化为石头
从死亡中发出哀号
请求宽恕吧！

从烟中，从血泊上
升起平静早晨的太阳
不是那人造的
而是那真实的太阳

1977 年

（收入《蔡其矫诗选》）

27

木　棉

花树中的英雄

秀丽中具有男子气概

被诗的火焰点燃

在天心舒展花瓣

闪烁着珐琅般光彩

惊人的潮红鲜艳

向人间高举忧伤和愤怒

有如明亮的光之海洋。

杯形的心无法容下

热焰光芒四射

对着白天的云，夜晚的星

我都在你花中看到火。

为了未尝到的欢乐，

我握着这支哀伤的笔，

以说出你的光明为荣耀。

1977 年

（收入《双虹》等）

回　赠

　　我不是温柔的黄昏
　　只给你带来瞬息的宁静；
　　也不是清冷的月光
　　陪伴你在寂寞的旅程；
　　我是一颗遥远的星
　　映射在你眼睛
　　直到你遇见一个同路人
　　直到喜相逢在早晨。

1977 年

（收入《双虹》等）

冬日山城纪事

阴郁的天气封锁着，

霏霏细雨沾湿心头，

新刷的标语

宛如从水里捞出，

贴报板前面

站着含泪的人群。

佩着小朵白花，缠着黑纱

默默地走着，

街上往日的喧哗

也仿佛全消失了。

我幻想有群众大会

到处寻找都空荡荡。

下午才突然通知公社召开大会

迢迢远路赶去，

礼堂里简单的仪式

宣读别人代写的讲辞

依然引出不少泪滴。

太阳出来一会又隐去

对着欲雪的天空

对着雾罩的山头

想起一年来的怨气

今天并没有出够！

雪，你下吧

把大地盖满

埋葬一切污秽

好让心头纯净啊！

1977 年

（收入《福建集》）

清 源 山

雄踞在城市的北郊，

像陡立的望台，

像回护的屏风。

从前的人

说你高与云齐

说你藏有无穷的泉水

说你前后三峰有三十六个岩洞

曾经有古代云游的炼丹士在这寄留

后来又有个留学生当了和尚

在你山麓作曲写诗。

上烟云似的山

有一条铺石的古道

有一片清凉的松林

流动萌芽的芬芳

照耀嫩叶的光明。

南风

对松树，对梨花

讲着同样温存的话。

轻盈的感觉直上云天

草木都在歌唱。

脚底下是山涛起伏

大地在不息地波动。

很快就走到高峰，

从这里俯览一切，

城市就在脚下，

东塔西塔在微茫中隐现，

街道就像琴弦，

新屋像云在天边扩展，

船队像绣球花在水上开放。

发光的河流，

葱青色的天，

轻红淡紫的远海风烟，

夹杂着一些翠点青斑。

经由那寂静

走向已经忘记的感情

和另一个光辉的心境。

但是，清源山

你还有一大堆破烂。

那些毫无意义的遗迹，

那些死了的语言

在石阶拱门之上，

只能给人以时光逝去的伤感；

巉岩的剩片，

残余的丛莽，

都不值得顾盼，

真实的存在，只有那

茶园上空的灿烂阳光。

当天风高唱，

什么样的语言

能从山间的松林发出回答？

谁能解释你石上的青烟？

你有否被埋没的音节

在那些细小的溪涧？

谁能用历史的眼光

来观看这片大地？

谁能摇动死寂的群山

让你和沉静告别？

谁能在你高峰上

树起新的标志？

荒芜经历几世纪

为愚昧所盘踞

清源山呀！

起来同时代一齐生长

假若你不再沉睡

不再在每一条石板上打鼾

不再有困倦的眼

像墙上的洞

龟裂的岩石

像神秘的符箓！

你已太久不食人间烟火了！

人对你的祈求

绝不只是绿树和清泉，

让沸腾的生活

来到你的峰峦，

让青年男女

寻找你的遮荫，

让星期的歌声

建造更迷人的树林，

让车辆和人群

一直走入你的深山。

1977 年

（收入《福建集》等）

赠　　人

对你的美有如
光华四射的喷泉
那样冷，那样迷蒙。

让孤零和苦闷
主宰你的心跳
生命即将荒废在寂寞中。

还有呼吸的自由
为什么不学飞翔的鸽子
让热情感染晴空！

1977 年

（收入《生活的歌》等）

黄　山

成千上万层石阶

引我攀登天上的都会。

成千上万棵苍松

陪我走向美妙的境界。

浩瀚的云海，

漫天飞花的晚霞，

重峦叠嶂之上的日出，

光明的山谷，阴暗的峭壁，莫非这

便是解放心灵的地方？

我宁愿迷失了太阳

阵阵云雾在山中飞翔

两眼凝望变幻的天地

心上飘过许多形象

自由和宽广

重新回来

在滚滚风姻中

在雷雨过后的高山上。

1977 年

（首发于《安徽文学》1981 年 3 月号，后收入《生活的歌》等）

悼郭小川

你的诗像秋天那样明净，

你的心像夏天那样热烈，

对人民你像三春般温暖，

对敌人你像严冬般凌厉；

你包括一年四季，

你就是大自然

真正的诗人不可能不这样。

西北高山有你钟爱的哨兵，

东南海滨有你的知心人，

中原的湖泊和崇山峻岭

有无数英雄照亮在你诗篇；

你喊出了祖国的声音，

你就是人民！

黄河永远为你的早逝伤心！

1977 年

（收入《迎风》等）

奇　寒

将去的冬天最冷。

低云飘雾，雨雪纷纷。

听着屋檐的淅沥，

想着旅途的泥泞。

多少事受阻未成，

多少人心头怨恨，

所有生命

都焦急等待新春！

1977 年

（收入《迎风》等）

绿

阳光穿过杨树林

闪烁片片绿色的金箔；

青苗在原野展开

大地是一块绿色的玉；

你在路上跑过

风吹头发

扬起一缕绿色的云。

1977 年

（收入《迎风》等）

紫 竹 院

风在竹叶间轻舞。

水在柳梢下流动。

你的眉尖

你的唇上

为什么有忧伤？

树影被衣衫留住。

花光把颜面照亮。

在凝视里

在沉默中

心为什么惊惶？

1977 年

（收入《迎风》等）

泰　　山

孔丘登临这个地方

有什么道理可以小看天下？

当时的鲁国和齐国

不过是稀疏村落和渺小城堡

他也未曾阅历广阔天地

南天门不过是普通山丘的隘口

泰山才真正是弹丸之地！

他也未上拱北石等待日出，

也不可能像今天

透过招待所的玻璃窗

俯视清晰如咫尺的

泰安城万盏灯火

和周围几个县

海浪般的闪烁光辉。

泰山虽然雄伟

世界更加壮丽！

1977 年

（收入《迎风》）

偶　　得

历史的篇幅上

一再出现不可一世的暴君

他们趾高气扬地

度过短短的黄金时代

制造无穷的危害

建立宏伟的纪念碑

然后消失

1977 年

（收入《蔡其矫诗选》）

赞　美

在淡蓝阴影下，
挺立着一丛，
霜雪冰雾中的树枝。
照耀清冷月光，
默默中皎洁晶莹，
因呼吸而起伏波动；
温柔暖和，
散发菖蒲草的香味。
有如静止湖上的波纹
那沉思的眼睛
有使四围生辉的永远微笑。
这整个的美，
爱过，醉过，享受过，
瞬间即是永恒。

1977 年

⊙ **1978 年**

愚　　弄

凡是现实中并不存在的
喇叭必定日日鼓吹。
而生活的真情
一概不许提起。

小说中的人物
嫦娥，哪吒，愚公，罗成
走入现代行列；
而千千万万活着的人
却在文字上消失。

神秘的哲学深入穷乡僻壤
艺术由孤家寡人剽窃。

科学咬在嘴里
迷信沿墙开花。

1978 年 2 月

禁　　地

别处有对人民开放的旅游事业

有海滨休养地，高山休养所

有温暖的饭店，安静的旅馆

沿途的休息站

畅通的道路

友谊，和平。

这里有禁地，禁地，禁地！

有突然出现的哨兵

严厉的警告牌

有绵延的铁丝网

出云的高墙

永远闭门的公园

喝令止步的宾馆

高山不准上，海边不准到

被占领的名胜

被封锁的古迹

中断的道路

阻塞的大门

太多的秘密，太多的不平

无名无目的设施

防敌不如防自己

绝对的落后愚昧，不断制造奴性！

1978 年 3 月 13 日

古 船 歌

1974 年，泉州后诸港发掘一艘海船底部，长 24 公尺余，宽 9 公尺余，考古鉴定为 13 世纪沉船。

宋代的遗物，刺桐港的光荣！

受过沉默和寂静的抚养

悠久时间的磨炼

突然从潜伏的黑暗里

以巨大而辉煌的形象跃出

使世界震惊。

啊，威力的象征，才智的标志！

你为什么在近岸的淤泥中封存？

别的沉船都被风浪击碎

被潮流带走，不剩一片木板

都消灭了，唯有你留下

是要告诉我们什么样的故事？

现在淤塞的海港，当时桅樯林立

大船成百，小船无数

你是从什么地方返航回到故乡

载来了南洋的珍珠，波斯的宝石

和索马里的香料？

你又是什么原因中断了航行

是兵荒马乱的战争

突起的风浪

还是灾难性的抢劫？

没有任何确证可以证明。

我仿佛从你形体上，听到喧嚷的浪声

水手的呼喊，风的吹拂

都在诉说历代的兴亡，人民的永生

创造的不朽，事业的长存。

你应是冬天出航，乘台湾海峡东北风

从这当时被称为东方第一大港启程

经过西沙群岛，那时叫万里石塘

亲眼看见水中的珊瑚

比满天飞花的晚霞更漂亮。

也许你还见过南海鲛人

在风平浪静的有月光的晚上

她的泪珠是怎样地闪光？

你又依靠在哪些国度贸易

运去多少瓷器和丝织品

把东方文明输向西方

并且把多少中国铜钱留去

那遥远的海岸？

当时你的船员究竟是哪些人

能操哪几个国家和民族的语言？

你只留下大量的香木

还有越南的槟榔，广东的荔枝

以及好几样船上用品

那些货签写的究竟是什么商号？

那些藤帽，是水手戴用

还是立足未定的蒙古骑兵

与卷土重来的宋兵交战时

匆忙丢弃的藤盔？

再也不能回来一个灵魂

告诉我这一切详情。

是怎样的技术，造就这庞然大物？

从你三重舷板和十三个隔舱

所表示出来的规模

应是当时泉州港万艘海船中哪一类型？

你的历史像所有的船一样

充满欢乐，也充满苦难

而结局不是毁于风浪，便是毁于专制

要不是早早沉没

而活到最愚昧的统治者实行海禁
你也不能幸存!
世界上到底有几只船
能像你一样沉睡七百年而后苏醒
受到亿万人的尊敬?

永生的船,你再也不会死去!
你是我家乡的骄傲
看祖先是怎样把水手的灵魂留到现在
活在每座山和塔,每个人和物!
给你盖一座大楼来展览犹嫌不足
应该兴建一个崭新的海港
来发展你的事业!
福建的前程,依靠山,更依靠海!
中国人民的心
也敞开在海洋事业的宏图上。
吹吧,时代的风啊
奏出波浪的乐曲
海洋的歌!

1978 年 4 月 4 日

附：

沉　船

1974 年，泉州后渚港发掘起一只海船的底部，长 24 公尺，宽 9 公尺，考古鉴定为 13 世纪沉船。

刺桐港的使者！八百岁的船！
受过沉默和寂寞的抚养
悠久时间的磨难
突然从潜伏的黑暗里
以巨大而辉煌的形象跃出
使世界震惊。
啊，威力的象征，才智的标志！
你为什么在近岸的淤泥中封存？
别的沉船都被风浪击碎
被潮流卷走，不剩一片木板
都消灭了，唯有你留下
是要告诉我们什么样的故事？

现在淤塞的海港，当时桅樯林立
大船成百、小船无数
你是从什么地方返航回到故乡
载来了南洋的珍珠、波斯的宝石
和索马里的香料？
你又是什么原因中断了航行
是兵荒马乱的战争

突起的风浪

还是灾难性的抢劫？

没有任何确证可以说明。

我仿佛从你形体上，听到喧嚷的浪声

水手的呼喊，风的吹拂

都在诉说历代的兴亡，人民的永生

创造的不朽，事业的长存。

当时你的船员究竟是哪些人

能操哪几个国家和民族的语言？

你只留下大量的香木

还有越南的槟榔，广东的荔枝

以及好几样船上用品；

那些货签写的究竟是什么商号？

那些藤帽，是水手戴用

还是立足未定的蒙古骑兵

与卷土重来的宋兵交战时

匆忙丢弃的头盔？

再也不能回来一个灵魂

告诉我这一切详情！

你有几枝高桅，几层花楼？

从你三重舷板和十三个隔舱

所表示出来的规模

应是当时泉州港万艘海船中哪一类型？

你的历史像所有的船一样

充满骄傲，也充满苦难
而结局不是毁于风浪，就是毁于专制
要不是你早早沉没
而活到最愚昧的统治者实行海禁
你也不能幸存！
世界上到底有几条船
能像你一样沉睡几百年而后苏醒
受到亿万人的尊敬？

永生的船，你再也不会死去！
你是我家乡的光荣
看，祖先是怎样把水手的灵魂
遗留到现在
活在每座山和塔，每个人和物。
给你盖座大楼展览犹嫌不足
应该兴建一个崭新的海港
来发展你的事业！
中国人民的心
已敞开在海洋的宏图上。
吹吧，时代的风呀
奏出波浪的乐曲
海洋的歌！

1978 年

（首发于《福建文学》1979 年 2 月号，后收入《福建集》等）

常 林 钻 石

无上的珍宝，大自然最美的结晶！
你形成，是哪一次惊天动地的
火山爆发和巨震？
你诞生，是在怎样的狂风暴雨中
和怎样的飞灰流火下面？

那时候，森林是怎样地在燃烧
山岳是怎样地被摧毁
大地是怎样地再改造？
那灼天的高热，又是怎样
把一切物质重新组合？

仿佛是作为一次大变革的纪念
你于无人知的地下储存
忍受长期黑暗的埋没
耐心地等待你所期求的

值得为之献身的新人出现。

当你处身在深邃的地层
僵硬，冰冷，微贱而无光无色
经历时间和风雨无数次冲洗
你逐渐显露，逐渐呈现光泽色彩
藏身在流水下，又为泥沙掩盖。

终于来到了人民的春天
终于来到了懂得你的人
你与那些动人的事物
同时被发现，你是新时期
一个灿烂辉煌的象征！

在你之中，有希望的虹影
有朝霞与万里碧波，万里晴空
有澄明透澈的流水般的梦
有千百万人理想的光芒
于你水天辉映的波影中闪烁。

对于黑暗和愚昧的年代
你唱出了葬歌，那匮乏，贫困，落后
将在你光辉照耀中日趋消亡
谁都为生你的土地感到骄傲
谁都对发现你的人怀着崇敬！

你不是孤独的，你的兄弟姐妹

以无声的号角响遍沉睡的大地，

唤醒人的思想，向一切

寻求最高的美，连自己的心灵

都要无愧于你深情的馈赠！

1978 年

（首发于《安徽文艺》1978 年第 10 期，后收入《祈求》等）

广　州

十步有花

百步一榕；

在花和树的上头

一会儿红日炎炎

一会儿细雨蒙蒙

这就是广州！

白云的波涛

绿树的波涛

汹涌澎湃在楼房的海上；

人的浪潮

拥挤在大街的河道

这就是广州！

许多巨大园林有宽阔的湖

宾馆长长的倒影映在绿波；

印度橡树众多的枝干上

攀立着大群欢笑的女郎。

啊，友爱的眼睛

开放的心

这就是广州，广州！

1978 年

（收入《祈求》等）

肇庆七星岩

陡立的岩壁与岩壁之间
由翠绿的堤到翠绿的山
蓝的湖水
蓝的倒影，倒影上划过
红衣耀眼的船。

当含笑的人来到
金色的合欢
正在步道摇动它的花影。
初吐的莲叶，流动的云
正在拂弄水中的山，山巅的亭。

网络石壁的繁根，
低垂空中的细须，
布满枝上的苔痕，
都在诉说水的丰富。
看，
这就是生命洋溢的地方！

1978 年

（收入《祈求》等）

风 景 画

积雪融冰中间一条小溪
响动着生命活泼的欢歌

绿满原野围护着笔直大路
在忧伤和光明的联结中沉吟

受岚气重裹的饱情斜阳
以喃喃的唇音向高树繁枝诉说

静静山林深处倾泻的瀑布
不断传来悠远空蒙的回声

无论是夏天斜雨或冬天飞雪
都四向播送着波荡的旋律

即使是幽暗寂静的赤裸林木

也隐约有不绝如缕的细语

从纷纭万有中单取纯真
自然的色彩和音响凝为一体

能高度概括与感染深谷波沫
是人对生活深邃的爱情。

1978 年

（首发于香港《新晚报》1978 年 12 月 3 日，后收入
《祈求》等）

女中音歌手

在枯燥的世风里

用罂粟花的唇

吐出一首又一首清凉的歌

不自由的灵魂

犹如黑发的溪流

有异样光辉的船在那里飘荡

旷野的疾风，海洋的急浪

带着雨点和泡沫

无情地在陆上和水上鞭打

那焦渴的声音

就是因为这缘故

而祈求冷静

可血管里的火

已把全身烧得透明

为了慷慨地打扮周围的生命
需要的是巨大爱情
这样的爱情也许只存在艺术中
它正奔放在歌声

1978 年

（收入《祈求》等）

双 桅 船

落下两片白帆
在下午金色的海面上
像落下两片饥渴的嘴唇
紧贴着大海波动的胸膛。

在它下面
是随着微波欢笑的阳光
在它上面
是含情不语的风。

我想
这就是船对海的爱
和周围对这爱的颂扬。

1978 年

（收入《祈求》等）

波隆贝斯库圆舞曲

风从山顶摇曳而下
撼动树林和原野绿草，
粼粼的光波
如无数鸟群
翩翩飞升。

在天河一般的空气中飘浮
有众多的色彩和芬芳，
起伏的山坡
回环的道路
恋人奔跑相迎。

飞扬的头发拍打天空
周围流动金色的云，
在轩昂的眉宇下
是静默无声的

深沉的眼神。

花叶发出金黄的光芒
把阴影和枝干燃烧，
不具形的欢乐
无踪无影地来到
从心到心。

1978 年

（首发于香港《海洋文艺》1979 年第 3 期，后收入《双虹》等）

风中玫瑰

一上，一下。一来，一往。

飞舞的焰火

跃动的霞光。

一道道的浪痕，

一条条的虹影，

在狂飙和流泻中闪射。

看不真切的轮廓，

无法辨认的眼波，

从中散发捉摸不到的笑声

一高，一低。一起，一落。

1978 年

（收入《双虹》等）

元　宵

一

这个春天的第一次月圆，
万众涌向街道，涌向园林
涌向灯光明亮的广场。

榕树有如这晚上的神殿
人群就在它庄严的庇护下
敞开狂热的思想。

故事和人物在光影中流转。
一个最普遍的愿望
在许多造型中出现：
孙悟空驾云追赶
白骨精逃向深山

金棒在半空闪光
杀声在大地飞扬。

白鹤与霜雪相辉映
金鱼在玻璃空间翱翔
彩屏上纤巧的针痕
素绢中繁丽的刻丝
灿烂的星斗
绯红的花丛
都是人民的脉搏，心的歌唱。

在一片金碧的光辉里
人民的心胸充满希望
愿道路更加宽阔
一切都引向繁荣
这就是万众的心。

心，
这是永远不能放弃的阵地
敌人别想来占领
我们有足够的经验
可以固守；
心，
这是无上的宝座
比皇位更神圣

比太阳更光明

比玫瑰更美，更鲜艳

也更多柔意。

二

铜钲深沉的响声

像春风吹过河边的绿茵，

南曲是明净海水上的轻舟

把欢乐的波浪推向人群。

穿莲色衣的歌者

有珍珠般圆润的嗓音

展开彩带如展开金翅

在音乐的风中飘飞

银色月亮穿过云层

如烟，如倒影。

举起蝴蝶的民间舞

碧绿的茶树在指尖荡漾

明亮的气流

为手臂的高举画出弧线

笛声扬起流盼

抚慰心的波涛

若火轮飞旋在浪尖

狂舞的金龙滚滚而来

烈火似的红衫

不断闪光的烟火

流星，飞箭，呼呼作响

满空飞动欢乐的形体

这是一个心跳的晚上

听得见万马奔腾的蹄声。

三

我们曾失去多少良宵，多少美景？

多少笑语消沉在忧患之渊？

多少暗哑不称歌调的悲声

在耳边呜咽？

饮过不幸的汩

悼惜失去的年华

渴望太久才见罪人受囚！

损失是巨大的

可教训更加巨大

众多打击都是向着人民

无辜靶子终于觉醒

谁要再来个弥天大谎

他绝不会得逞！

对咒骂和祷告都已厌倦
人民的目光转向未来
倾心于团结。
倾心于繁荣。

即使生命是艰辛的旅程
日子仍然是欢歌时扬
就如这佛院幻成众香国
万树桃花于夜雨里怒放
月中奇想似的微笑
正在每一寸空间颤动。

1978 年

（首发于《新光》1978 年第 1 期，后收入《双虹》等）

湖上黄昏

金色的沉静

水面如镜

在落日霞光中

玉泉山像火焰中的水晶

你坐在船尾

张着一双梦幻的眼睛。

温暖的湖水正回应

你心上的歌声

为告别夏天

换上游泳衣投入水中

身体在暗影里

脸似满月浮上波纹。

嬉戏的浪花渐消隐

暮色已深

你伸出手臂扶在船后

让船拖着向岸靠近

温柔的夏夜

照耀在你额门。

1978 年

（收入《双虹》等）

星 湖 之 夜

密云隔断月光

山在静立中朦胧

暗的树

暗的湖水

只有边岸被灯火照亮；

在草地流萤的静悄中

听得见岩洞滴水

和合欢落花的微响。

1978 年

（收入《双虹》等）

十　渡

荒凉中的美丽

没有必要诱惑我。

纵面削平

如金字塔形的

酣梦的山，

绝壁有小鸟欢叫，

没有必要诱惑我。

静谧的清流

不是耀眼的闪烁

只有滟潋波纹。

深谷的微风，

云石一般温柔，

月露一般冷，

没有必要诱惑我。

向晚微光中

轻风舞弄长发

像残云，像远波；

你，

没有必要诱惑我。

1978 年

（收入《迎风》）

衙　门

通过森严门警
围墙内树木阴森
小卧车无声滑过
高楼前面寂寥清冷

值班员脸上漠然的表情
办事埋头于写不完的公文
在偌大的办公室里
首长更显得孤零。

什么都要证明，
什么都要申请，
但是官腔里只有推却
叫你什么事都办不成！

1978 年

⊙ **1979 年**

心 之 歌

普通劳动者的
心的太阳
向宇宙的最初航程
回顾到处都有的神像

那扫视的目光
犹含过去的悲伤
探问那诗化的谎言
是不是已将告终？

已经拒绝黑暗的王国
也不再歌颂贫穷
两眼注视未来
心因为流血而更鲜红

为了今后

不再受衰老事物损伤

让天主、霸主、官主都消逝

上升吧，民主的太阳！

1979 年元旦

傅　天　琳

刚才还在专注地看书

转眼已伏身在扶手

邻座说是晕车

便连连点头；

只是那无法忍住的泪

却把真情泄露——

为了书中男主人公悲惨的命运

禁不住哭泣。

啊，女性，强烈感受的心

任何震动都成暴风雨

当情感倾泻时

连大地都会战栗。

1979 年 3 月 1 日，海口

戏 赠 韦 丘

来自东江的诗人，
凭名字就不该离开山岭；
如今来到颠簸的海上，
落得倒卧船舱，双目无神！
逢人便发的微笑哪儿去了？
朗朗的语声也变得低沉！
但愿你不会是旱地鸭子，
离开水上才能又叫又鸣！

(1979 年 3 月 1 日)

黎 族 村 庄

多么浓重的绿色呀！
椰子间着芭蕉
一层又一层
炊烟也成了绿云。

深棕的茅屋
铜色的路。
丛莽如墩
竹林如屏。

妇女围着筒裙
走路挺直腰身，
一把阳伞
遮住明亮的眼睛。

1979 年 3 月 2 日

天涯海角

一片沙滩，几块石头，
难道这是海天尽处？
近旁还有山，
远处还有岛，
都是肉眼就能看见，
为什么要编这种谎言？
鼠目寸光的士人，
附庸风雅的州官，
绝料不到今天的我
游览它一点都不伤感。

1979 年 3 月 3 日夜，鹿回头

无题（椰子树）

椰子树上面的繁星，
椰子树上面的新月，
格外地宁静
格外地低悬。

遥远地方的往事，
遥远地方的爱人，
都在这时候复活
都在这时候再现。

1979 年 3 月 3 日夜，鹿回头

三 叶 树

清爽明亮的橡胶林

每一棵树都斜挂绶带

是谁在表扬它们的功勋

任何奖赏都不及这光彩

从遥远的地方

到新的国土来

做出了贡献

为人民所热爱。

向你欢呼，橡胶林

我们林木的新兄弟

我们工业的新品种

轮胎在向你欢呼

鞋底在向你欢呼

光明的树林

碧绿的树林

使山野秀美的树林呀！

1979 年 3 月 9 日，通什

空 中 小 姐

疑是白云做成

洁白柔软

犹是深远的蓝天

敦厚妩媚

你俯身下望，隔着舷窗

绿色的山野

图案般的田园

都把光亮投在你的眼睛。

云块在下面遥远的地方

道路浮动，江河旋转，你在空中。

1979 年 3 月 9 日

锚　　地

镶着黑边的白翅膀海鸥
成群地在船尾盘旋
当黄昏尚明亮的时候。
飞得累了，停落在波上
摇荡，暮色已深
该是回到沙洲
度过这个黑夜。
远岸的灯光
像点燃的香烟
在夜雾中闪烁。
附近经过的渔船
都张着眼睛
遥看抛锚的客轮
而深情致意。

1979 年 3 月 12 日夜，明华轮上

交　通　艇

在泊位和锚地之间穿梭，
在舷梯和码头之间来往，
波涛中起落，
云影下迎送。

雨里冲雾，
风中破浪，
把众多船只连系起来
海港里数你最繁忙。

1979 年 3 月 13 日傍晚，交通艇中

上 海

你的心脏汹涌着拥挤的人群，
你的血管行进着密集的船队，
陆上的路和海上的路都转向你
你的臂膀拥抱全世界。
强大祖国的曙光在你额上照耀
无穷无尽的工厂和楼房
像大海的波涛在你胸中激荡，
你是新长征的后勤部
金山和宝山担在你的双肩上
劳动在你的每个细胞里发光。

1979 年 3 月 27 日

橡　胶　林

使山野秀美

眼睛清凉

光明的树林呀！

从遥远地方

来到我的国土

覆盖平野丘陵

在亚热带的风中

谁也不及你爽亮！

每一棵都斜挂绶带

是最光彩的奖赏

我们林木的新兄弟

我们工业的新品种

轮胎向你欢呼

鞋底向你欢呼

为你巨大的功勋

唯有热爱能够表扬！

1979 年 3 月，海南岛

远 洋 船 队

一串祖国最小的领土
悬挂国旗流通世界
把我们人民的风采
介绍给各个港口认识。

建立一座友谊的桥梁
让朋友们有了联系
向距离遥远的西岸
运送着最深厚的情谊

一年航程何止四季
炎夏和寒冬转眼交替
再大的雾和暴风雪
都难不住年轻勇敢的船队

1979 年 8 月，广州

珍　珠

贝的创伤！

外来的妨碍物

侵入柔软的体内

一月又一月，一年又一年

裹上一层又一层的黏液

使它圆润光滑

这是痛苦的结晶

海的泪

却为人世所珍惜！

我仿佛觉得它犹带着海的咸味

带着日月星辰和云的悲泣。

1979 年

（收入《祈求》等）

指　挥

银灯照耀下
浮动着音乐炫目的波痕
全世界都认识
那个弄潮儿
最初的一个挥动
便发出千年压抑的呼声
响彻天空和大海
把万种情绪都唤醒。

想象出现波上明月
黯然的幽光闪烁不定
细棒甩出一串又一串的
久积的痛苦
生命对残害的怨恨
仿佛灵魂的震颤
借琴弦向静夜倾诉

温柔处，手指都有语声。

盖上来的乌云带着风的怒吼

扇起每一条发丝

有如雄狮振鬃

向黑暗的空中竖起

狂怒处，头发暴跳如雷

猛收时，当胸握拳似锤

穿过天昏地暗说出

战斗的胜利是多么光辉。

有时像魔王

张口欲呼无声，

有时像少女

低眉深情回视；

无穷变化在瞬间

痛苦落叶在心的草地

抚触往日伤痕

光明和宁静川流不息。

1979 年

（收入《祈求》等）

排 练 厅

梦中的花圃

钻石玫瑰缓缓开放；

初生的天鹅刚刚睡醒

向池中展开无瑕的翅膀，

灵活的眸子凝视大镜

炫耀着优雅的姿态。

也许是海的水神

停立水上，又举臂回转

牵动黎明天空的红云

摇晃春日里的嫩枝

伸腿向幻境飞翔？

也许是林中仙女

高抬起洁净的额头

热切地向往开阔的天空

举步如惊动的梅花鹿

从绿叶间飞跃入紫色的梦？

1979 年

（收入《祈求》等）

夜 行

海天一片黑
车在光中奔驰
路边的椰子树
伸长手臂喊道：
"把我带去，把我带去，
天涯海角，我都愿意。"

幻想另一时候
船在碧海航行
两旁的浪花拥来
举起额头喊道：
"把我带去，把我带去，
入诗入画，从不挑剔。"

树，要遍布每一片土地；
浪花，为了不瞬间消失
它需要画，需要诗。

1979 年

（收入《祈求》）

气 垫 船

在江中冲刺

击起浪峰飞驰

有如一支带火的箭

经过停歇的船群

惊起了出发的激情；

似乎渴望立即起锚

所有的船舷都响起铁索银铛声

我觉得这些巨轮

都要航向未知之境。

世界在云外的声音喊道：

向蔚蓝，向无垠

高飞猛进，猛进！

1979 年

（收入《祈求》等）

开辟新航线

柳林海！

今天上海港中

数你最美丽！

奶黄色的吊杆

深灰色的船舷

像含露的花那样动人

因为你象征中国人民的新胜利。

你就要出发

踏上漫长的征途

去探望新朋友，

看西雅图的春雪

会不会把花和草埋住？

看太平洋那一边

在用什么样的乐队

为自由女神演奏？

你就要去把罗网撕毁

三十年的冰层已经溶解

人为的封锁被粉碎

友好的音波远播重洋

但是你还要亲自去问清

重开的玫瑰是否芬芳？

虽然理智重新把一切放回原处

我们却未能把过去忘记

打开那扇大门

驱散一切乌烟瘴气

就得保持着始终如一的态度

永远寻找友好最深的意义

为心爱的祖国

赢得理所应当的崇高地位。

人民神圣的友谊，再起！

为了在这个地球上

少些对立，多些团结

让小麦的芬香漂洋渡海

这就是世界最好的消息

愿它是花朵，是蓓蕾

而不是旧梦重回！

1979 年

（收入《祈求》等）

荒　原

单调，寂静。

一线平野，一线岗陵，

几株小树向天空探询：

为什么别处阡陌相连

这里却无人过问？

经雨湿润的沙壤

依然怅望如山的浓云。

1979 年

（收入《祈求》等）

忆

当海隐藏在潜行的夜色里
遥远的灯光掺杂着低垂的星光；
当一只船在幽暗中缓慢前进
一盏红灯在向远山眺望；
当月亮因为地上的灯过于刺眼
在天上如苍白的花那样忧伤；
这时候，乐声幽咽，歌喉沉重，
一个新来者，用彷徨无助的目光
在每一座大门上寻找陌生的门牌
海风深情地把他拥抱在怀中。

1979 年

（收入《祈求》等）

南　海

海鸥
在强风中舞蹈
升沉于空冥
盘旋于无声。

海上宫殿
停泊中的远洋客轮
幽光自蔚蓝的海底
仰射清冷的船台和桅顶。

也许我来得不是时候
模糊的帆影
像梦一样悠然浮过，
雨后的清新
只报告遥远的黎明。
什么时候，巉岩的海岸

接纳的游子不再是难民？
什么时候，自由的航道
只运送财富
运送光明？

1979 年

（收入《祈求》等）

黄 浦 江 上

阳光从晨雾的空隙漏下来
把外滩的高楼染成金色。
影子一样的布帆，
划开江上轻烟，
向密集的船队展开古老的折扇。

白色灰色的船舷，
黄色蓝色的烟囱——
一大片一大片的郁金香，
飘扬五彩缤纷的信号旗，
排成纵队布满十里江岸。

遮蔽远空的成行吊杆，
没有叶子的林木映在水面，
连同江心的浮筒，
星散流水中的航标，

都随着波浪的节拍起舞蹁跹。

作为这繁盛海港的主人，
历史的宠儿，光荣的海员
曾向无言的风诉说心的秘密；

现在担负起神圣的职务，
以深情的目光抚爱各国旗帜，
是因为波浪响起了新的旋律；

全世界在这海港亲密团结，
使海员的心跳得轻快，
仿佛江水也比从前碧绿。

1979 年

（收入《祈求》等）

马江之战

这是七百六十四人被谋杀的故事。
它发生在训练水师的要塞水面上
距今还不到一百年。

马江！马江！
一块巨礁好像马背浮出波浪
礁西是马头，礁东是马尾
在闽江下游两道巨流汇合处
到大海还有半天航程。

明末时候，倭寇屡犯，
四乡人民在这里锻造军械；
郑成功的水师北征
也在这里驻足筑堡训练。

从这里向闽江口，向大海
两岸群山对峙，

山头都筑有炮台，
只是那时派来办军务的
当巡抚的，
都是懦弱书生
一意主和，不作战备。

农历七月初三
闽江大潮高涨
法国远征舰队
顺着潮水深入内港要塞
不受抵抗地包围了福建水师。

在包围中还寄希望于和谈！
不许请战
不许自卫
收缴舰上炮弹
还是抛锚江心。

往还交涉无数次
最后因船政局的工程师
上法舰求延期遭拒绝
才慌忙发放炮弹
但已措手不及！

八月二十三日，军港里的法国舰队
突然向被包围的水师进攻

一时弹如骤雨，炮火连天

中国军舰十一，商船十九

大半还来不及起锚即被击沉，

剩下的官兵一致抵抗到底

帆樯对着帆樯，炮口对着炮口。

旗舰"扬武"

受了重伤迅速下沉，

水兵在烟火弥漫的甲板上

迎着如雨的落弹不停发射

击中法国旗舰的舰桥

穿透过道的甲板

击毙法国领港人和舵轮旁的水手。

"振威号"砍断锚索投入战斗

遭到三艘法舰的夹击

火焰在上下燃烧

缆绳全部碎断

桁上涂抹着血肉

甲板上肢体和人头滚滚

舵被打坏

四分之三的船身起火

管带在望台上连呼"开炮"

身中炮弹战死

水兵依然抵抗不止

在全部沉没前还射出最后一炮

"福星号"的管带高呼

——这是报国的时候了！

他下令开足马力冲入敌阵

左右开炮

直取法国司令的军舰。

岸上传来不绝的鼓声，

为中国水兵的勇敢喝彩，

所有的眼睛

都发出比太阳更亮的光辉。

整队的法国军舰包围过来

落弹的水柱冲天

血肉与铁片横飞

他中炮倒卧血泊中犹在高呼：前进！

全船继续开炮

直到火药库中弹爆炸

全体壮烈牺牲。

那个后来在甲午海战中威名远扬的

邓世昌，就是这次战役的参加者。

他亲眼看见，当炮火连天

水师浴血奋战时

大臣老爷都弃师逃窜。

只在几小时内

水师全军覆没！

连船厂也毁为平地！

炮台渊默！
满江浮着死伤的战士！

只有马江两岸人民
自动拿起武器
于夜里驾着无数舢板
围攻法国舰队
火把照红了江面
敌人始终不敢登陆。

战事后三天，
才宣告对法宣战！

两年后才给这七百六十四名将士
营建了昭忠祠。

九十年后，我来到
这巨大的坟墓，这寂寞的海港，
当地人指点从前的鏖战处
只见水烟暗生
波浪沉默，一段宽广的江面
记下了历史巨大的耻辱。

1979 年

（收入《福建集》等）

我　愿

不要相信石的沉默
当风吹过也并非静止；
它无望地仰望云霞
因为距离而深深叹息。
如果空间允许
云化为雨
侵蚀为岩洞吧！
风化为砂砾吧！

不要相信秋叶无情
即使它已黄得发皱；
当告别的时候来到
也要向绿叶哀泣。
如果时间答应
落叶铺陈
枕你疲乏的头吧！
藏你战栗的手吧！

1979 年

（收入《生活的歌》等）

槐 花 雨

南长街的树茫茫一片白，
油脂般的云有风在吹，
夏天已到最高潮，
槐花飘落似雨；
它落地，
叮当两个音节
时而飘洒，
时而淅沥。

你穿蝉翅短衣，
这样的雨不会濡湿。
足音是慢板咏叹调，
平静中有凄迷；
忆起了，
楼台上的旧时，
凡是爱过
都不忘记。

1979 年

（收入《迎风》等）

往来是空中的路

白云的亮光在你脸上

蓝天的深远在你身上

你低头下望

绿色山野

图案般的田园

印在你眼瞳

云雾浮动

道路飞翔

江河旋转

你在空中

1979 年

（收入《蔡其矫诗歌回廊·风中玫瑰》）

镇海楼远望

楼房的海
墙的浪
涌向众树的山
云的岸。

所有的光波
都如鸟群
向着一颗开放的心
翩翩飞舞。

（1979 年）

流 花 湖 上

宾馆长长的倒影
划过女孩的船
上有绿荫掩映
下有波光荡漾

半岛拱桥、榕须，
棕榈的浓荫，
细竹的碎影
印度榕树参天的巨干上
站立着一群欢笑的人

（1979 年）

七　星　岩

绿的树，绿的山。
在密林与耸岩之间
红的，黄的，
精巧别致的建筑。

一切都是画，
只是游人鸟声，风和云
沸腾着的生命
使图画不再静止。
当千万棵树木之间
有盘在石壁上的细根
低垂在空中的短须
枝上的青苔
都告诉这湖水的丰富
看吧，这就是生命洋溢的地方。

月光被密云隔断

山在朦胧中静立

暗的树

暗的湖水

被灯光和烟火照亮

游客的心啊

欢跃如同儿时。

（1979 年）

赞　美

当你赤裸裸站在窗前

在淡蓝色的阴影里

上下雪白，冰中的树枝

浑身发着清冷的月光

深沉中纯洁而又晶莹

都又温柔暖和，散发着肉体的香味

因呼吸而起伏的胸，

静止湖上白色天鹅一样发光

蒙着一层轻雾

花朵一样沉思的眼睛

微张的嘴唇有使四周生辉的

永远的微笑

每一次都各不相同，无法描述

整个都是美

爱过，醉过，享受过

瞬间超过永恒

（1979 年）

驴　子

北方农民忠实的伙伴
你为什么终日郁郁寡欢

当你引吭萧萧长鸣
究竟是快乐还是悲伤

蔓生的野草将封没小径
轻风把枯叶撒在走廊上

白鹭向天上疾飞
在夕阳照耀下有如金梭
从彩色的云霞中起伏穿过。

（1979 年）

铃　声

下雪
北风翅膀扑下的
千万朵百合洒落

月光流泻屋瓦
海在浓雾中汹涌澎湃的咆哮声

春天永远不会消逝
爱情永远不会泯灭
柔美的月光永远在天空照耀

湍急的泉流在微波上
洋溢着晶莹多彩的光芒
唱出人类向往伟大的新事物的精神

像微风，像清晨
心灵开放一朵白色的莲花
向周围发散着沁人的清芬

千万种弦声呼应着笛声

弦律上升，怒吼，

像大风呼啸着穿过树梢，

刮掉树叶

把寒冷的浪花溅到人脸

乐声响彻大地和天空

它投射给我们的反光永远不灭

正在凋萎的莲花

悲伤如高山上的雷雨骤然袭来

歌唱含苞未放的爱情

唤醒过去，让逝去的感情从心中再生

大地的诱惑，抚慰心灵的风，爱的痛苦

只有在想象中，爱情才会永世长存

才会永远环绕着灿烂的诗之光轮

幻想的爱情比现实中体验爱情要好得多。

要为人们的幸福去想象，而不是为了悲哀

艺术家是永远的漂泊者

一切好的东西，总是从身旁一闪而过

即将凋谢的红荷花

（1979 年）

远 洋 船 长

从少年时代

就怀着对祖国的爱

走遍世界

现在成熟的年代来临

你发现自己的限度

而极端的虚怀；

容纳一切

而又坚韧不拔

一心为祖国谋利。

荣誉在你心里

信任在你周围。

（1979 年）

集装箱码头

现在杠棒不见了
跳板被永远取消了
连麻袋和木片都没有
只有蓝色银色的钢制大方箱
像儿童积木堆成一道道高墙
竖立在干干净净的水泥地上。

再也闻不到汗臭
闻不到尘土刺鼻的辛辣
甚至也消失了货物的气味
倒像是在精心打扮的广场
行进着色彩绚丽的大型机械
那些铲车和汽吊
驾驶室内坐着
飘动刘海的年轻姑娘。

一边是桅和缆的世界

深水泊位空间明亮，

一边是仓库和铁道的宇宙

内燃机车就在场旁

中间一列龙门吊

上面坐着女司机

在千米的堤岸上向海瞭望。

多么出奇的寂静

多么出奇的宽广

仿佛码头，港口，轮船

都在等待什么？

未来啊，那轰响的生活

什么能够来到

（1979 年）

雨后清澜港

渔船
在云集中靠岸
排列整齐
像一段入海的城墙

（1979 年）

遥　夜

微风吹动椰树的长叶
三亚港的灯好像在移动。
在礁石布满的深远的海滩上
成串灯火在水面并无反光。
灯塔高高在上
码头燃烧着暗空。
外海开进一艘货轮
用蓝色和绿色的灯叫嚷；
内海开出两条汽艇
两组品字形的小灯
先后被山吞没。

繁忙的生活埋入黑夜
又都再现在我心中。

（1979 年）

暴　风　雪

瑞典北部，一批批狼群耐不住严寒

从山上逃到居民区避难。

丹麦波罗的海沿岸

暴风雨连续咆哮四个昼夜

有的港区积雪深七米

楼房被淹没，高速公路载重汽车翻倒

陷入深雪中

更惊心动魄的是海洋，阵风有时达到十二级

掀起巨浪把小船吞没

把千吨轮船推下海岸

风暴引起海啸

高楼般的巨浪像野马奔驰。

嫩江号一万二千八百吨

海员二十五名

到达北欧正是冰天雪地

大雾还在下着

从陆地到海岸一片严寒气氛。

乌都拉装货两天

到瑞典最北的哈拉赫姆。

这里昼短夜长，

大雪纷飞，狂风怒吼，气温降到零下 30 度

海上冰层三十五公分，

有破冰船开路引航

两舷堆积的冰块不断撞击船体

墨黑的寒夜，伸手不见五指

从冰缝冒出的寒风像针刺扑来，

大缆冻得像冰杆

岸上开启蒸汽吹融堆积的冰层，

大拖轮快速倒车把冰块推开

喝点姜汤，开启舱盖，

起动电压吊杆，戴上口罩，呵气成冰，嘴给封

住，只好拆下戴上三副手套还发麻

眉毛胡子，两鬓都挂满白霜

在芬兰科特卡，舱盖被冻住不能动弹。在锚地

锚机像座冰塔

锚链被冰凝固了，锚没法抛落

只好浮冻在锚地。

用榔头敲掉凝结在钩头的冰，

用喷火枪融化冰雪。

波罗的海的风雪更加凶猛，

溅到船上的水和落到船上的雪

都即时成冰，船板冰层不断增厚

船增加了几万吨，

拇指大的钢丝凝结的冰裹得碗一般粗

船上冰柱林立，主甲板成滑冰场

冰雪闪闪发光

别的货轮船员都乘救生艇上小岛去了，

不断有人失踪

巡洋舰和直升机在营救中

元旦胜利到达基尔运河

经过七十四个日日夜夜

运回七千五百吨货。

（1979 年）

南 海 之 行

长久的夏天，温和的气候

帆影像梦一样悠然浮过

清凉的船台，

堂皇的海港，

每时刻都在变幻色彩

强有力的波涛

却具备四月的玫瑰那样艳丽

雨后长虹那样清新

芬芳的风

运载美丽贝壳的潮汐

给孩子以众多馈赠

谁不赞美南海的珍珠

谁不赞美无穷的蔚蓝

从巉岩的海岸，

送出我的人民远渡重洋

在异乡开辟草莱

给故里带来财富

如雪的浪花　也把瘦困的游子载回贫穷的海岸

每一滴水珠都是宝石

都包有云霞

给我悦耳的音乐

给我沉忽的微笑

镶着黑边的白色羽毛的海鸥

在强风中斜刺如闪电一般

我来得太晚，又太早

半夜的星云

神的新月

浮沉于一圈空冥

旋转于细语轻声

冰晶般的光芒四射

一座座海上的宫从这里飘过

来这里暂时休息

神龛和尖塔

有幽光自暗红的海底

涌上峥嵘的角楼

无声地仰照新的庙宇

入夜灯光辉煌有如龙宫

星群在向这海上的城市致敬

低垂海面的冬云

遮住远山，淹没太阳

有如梦的帘幕

白色的浪峰高高拔起

海绿色的破晓

有来自远方和未来的消息

（1979 年）

椰 风

我看见你婆娑起舞，

在碧海的浪的上面，

在微云和阳光中间，

拂弄长长的衣袖，

摇动细细的腰肢，

深情委婉，

婀娜多姿。

我听见你脉脉细语，

在灯光初亮的黄昏

在暗夜退隐的清晨，

诉不尽欢情

理不完离恨别绪，

山高水远

永不消逝。

（1979 年）

日　落

四周围的草照得红红的

仿佛火烧

橡树树皮则成红铜色，

棕色河水上流出闪烁

沙洲则像玻璃似的发亮。

光在柳丛里像火舌似的颤动。

微风终于静止。

峡谷是一只斑鸠在泣啼。

落日在金黄透明的天空下山

红轮的边缘刚刚与大地相吻

当忽然出现一个黑湫湫的人影

太阳刚巧在它后面慢慢落下

暮光把它映得很大

清清楚楚地看到长发和腰身

静静地站在溶化的火球中

（1979 年）

喷　泉

上升，上升
夏日中飞洒宝石
使眼清凉
阴雨里喷溅绿珠
使心跃动
从平地拔起，直冲天空
旗帜的海，火炬的山

用你的阳光酬谢我吧！
用你的清凉酬谢我吧！

希望总是活在心里
到死方罢

（1979 年）

刮得太凄厉的风

一片伸展的泡沫
高耸而又倾覆
急进而又后退
又再一次无助似的投掷
撞击，飞奔
向天空溅水

一只鸟顺风如落地
抢风摇摆，然后飘去
转瞬不见。

回声死了吗？不！
最高的欢乐是光。

（1979 年）

无题·白鹭

黄昏时分，白鹭

在抖动的阳光下闪闪发亮

成群结队朝河面飞下来

飞得低而轻快，四散开来

它们宛如一只瞧不见的手

从一把瞧不见的竖琴上

弹奏出来的一阕纯净轻快的曲调

圆润悦耳，春天般美妙

一组非凡的琶音

它们在葱翠的两岸之间拍翅飞翔

衬托着朦胧的暮色

真好比一股欢悦而幸福的思潮

（1979 年）

⊙ **1980 年**

西 北 风

在夜间
它无休止地
发出野兽般的凄厉叫喊
这冬天的节奏
让醒来者心潮汹涌。

白天在湖上
它掀起一层层浊浪
让系缆的船互相撞击
落叶列出纵队满街跑
柳树的长条狂怒地向天舞动。

它刮掉灰色墙上的纸片
也许还刮掉许多颗的热望
却无法扼杀

那普遍的生机
那尚在大地下面深藏的生机

即使众鸟离去后
花园荒凉
但人并不失望
人为什么要失望，只是弯着身
冲入无物之阵的风！

1980 年 1 月 7 日

（收入《迎风》等）

寒　　流

北方下大雪，南方淫雨
我在潮湿阴冷之中战栗

寒气从脚趾上升到背脊
我的心已裹上层冰屑

愤怒，厌恶，痛恨，卑视
我不能忍受这萧条季节

定要与失去的一切重逢
我不愿意写告别的诗

1980 年 2 月 4 日夜

天游一览台

红日从峰前涌起

照耀岩上树枝

云海缓慢舒展

九曲一派青翠

你栏杆前站立

使群山更光辉

啊，青春，我爱你！

半轮明月出暗云

映射空山静水

四围夜气包裹

灯光在溪边明灭

你在平台舞蹈

如云中飞天女

啊，青春，我爱你！

1980 年 2 月 12 日

泛　舟

假若微风吹动竹叶
在山麓水边簌簌作响
那只是轻声召唤我
悄悄地走近你身旁

假若白云绕着山腰
把倒影映在水面荡漾
那只是叫我把心开放
欢迎你进入我灵魂中

假若太阳穿过云层
在水上射出万道波光
那只是让我思念你
这思念比流水还要长

1980 年 2 月 14 日

桃 源 洞 口

屏峰带水是枡桐山，
耸崖临溪有桃源。
天生的幽境最奇处，
两面夹壁一线天。
避秦人已远
忧思聚复散。
领略深沉的美，
尚须径入百丈岩。

1980 年 2 月 23 日

独 坐 岩 上

丘陵上黄云飞扬

田野里映照夕阳

放眼四望满目苍凉！

亲爱的人在远方

像断雁一样迷踪

怎能理会我的想望！

多少次快乐会见

却未尽平生心事

无言独自坐在岩上。

1980 年 2 月 27 日

有　过

也曾有过困苦
孤寂中找寻自己的路

也曾有过风浪
生命船在人生的海上颠簸

也曾有过欢乐
爱的阳光照在心头

也曾有过彷徨
终于抛却已有的幸福

1980 年 3 月 1 日

武夷茶园

星散崖边溪旁

一块块萧疏阴凉

千年的盛名

已历尽星月晨昏

饱尝雨雾风霜

犹在挣脱

静待春风中的纤手如雪

把新芽萌生在老枝上。

1980 年 3 月 5 日

飞 天

在迷茫的烟雾中追逐

比云里的白鹤更优雅，悠闲

比风前的燕子更矫健

飞舞的飘带，彩云似的长裙

留下每一个美的瞬间

向如虹星群抛撒莲瓣。

扬臂褪落衣袖

倾腰伸出手腕

双眸注视苦难的人间。

1980 年 3 月 6 日

审　判

强权坐在高堂上
孩子成了阶下囚
信口雌黄的
执法者的自由
从历史的陈列室
再搬出红泪一杯酒。

临时收买的假证人
充当原告的嫌疑犯
发帖请来的旁听者
仿佛样样都齐全
唯有正义缺席
人心背向！

一夜之间诺言失踪
谁都无法查问个究竟

幽灵在重温旧梦
时间踌躇不前。

声音被高墙隔断
古怪的路无限伸展
再没有什么盲目爱情
沉默的石头在思想。

1980 年 3 月 7 日

告　密　者

糟蹋的友谊老手

冤案假案的帮凶

在忠良的假面具下

干着奴才的勾当

从漆黑的阴影里窥测

在地狱般的昏暗中谛听

要早生几百几十年：

定是太监和宪兵的宝贝

到处都有他的滋生地

好人实在防不胜防

一定是有人需要

早就灌进叛卖的迷汤

不时讲讲几段笑话

讨好每一个同道的人

望着高位目不转睛

几乎把心都捏碎

1980 年 3 月 8 日

凶　手

那么多的死难者

那么多的追悼会

每一牺牲的后面

至少站着两个凶手

他们出现在我们周围

或是怒目而视

或是笑口常开

都在等待时机

他们宣传仇恨

我们主张团结

到底谁制服了谁

做总结的是历史。

1980 年 3 月 9 日

赠 广 播 员

这条街道污黑泥泞

这座楼房阴湿零乱

唯有你和你的工作室

整个都是明洁清爽

因为你诚挚的微笑

带来亮堂堂的阳光

因为青春的白百合花

闪耀在你双眸和心灵上。

1980 年 3 月 15 日

海　啊

像深渊。

像高墙。

摧毁帝王的权力

遏制疯狂的思想

包容宇宙的真理

唱出人类的信念

养育无数生命

诅咒霸主的灭亡

交织绿色波纹

像希望

像蔚蓝中的浮云向天外

追求永恒的力量。

不是梦幻。不是迷惘。

猛烈扑打灾难和阴影

把暴力撕成碎片

以浅蓝的波浪

张起正义的弦琴

永远用胜利者的眼睛

至高无上的欢乐

冲破一切界限

跳动着万古自由的心。

海啊！

你是我们的愤怒

又是我们创造的欢欣。

1980 年 3 月 19 日

（收入《迎风》等）

祝《地平线》^①

从波涛汹涌的岛上

伸出一枝美丽强劲的花

以脉脉的温情朝向

遥远的天涯海角

断雁一样的姐妹弟兄

让历史感情的馨香

洋溢旅人的心胸

让长久的相思不再迷踪

让注视故乡的眼睛

射出更明媚的光

1980 年 9 月 3 日

---

① 《地平线》是香港作家陈国华主办的杂志，此诗为祝贺《地平线》
创刊两周年而作。

惠安妇女

荒坡瘠田

见你们成队成群。

肮脏的小街

蜂拥你们彩色头巾。

你们支撑这个天地

仿佛是深埋地下的细根

默默为生命输养分

即使有耳语也未动心。

却没有欢乐，没有爱情

幸福却永远藏在帷幕后面

你们建设家园

这家园却在侵害你们。

陋风恶习肆意践踏

遍体鳞伤也不呻吟

目中流露悲伤

生活永远在阴影

椎心的孤独

难忍的苦闷

每一日都像惨淡的黄昏

多少姐妹捆绑一起赴波沉潭

既没有愤懑也没有哭声

你们是妇女劳动的纪念碑

又是人类尊严的墓志铭。

命运至今还不在你们掌握之中

那赖以生存的红土壤

也未能摆脱干旱和贫穷

悲哀还在裹挟你们

希望尚在地平线下隐藏

什么时候，那海风

能吹干你们的斑斑泪痕？

什么时候啊

阳光能推倒高墙

你们能脱出这狭小天地

向广大世界张望？

什么时候什么时候啊

你们的美目能傲视悲伤？

1980 年 12 月 22 日夜

附：

惠 东 妇 女

荒坡瘦田　你们结队成群

肮脏小街　蜂拥彩色头巾

支撑着这块天地

你们深埋地下的细根

为生命输送养分

却没有欢乐　没有爱情

目光流露哀伤

生活永远是阴影

椎心的孤独

难忍的苦闷

每一日都像惨淡黄昏

集体投海也无悲愤

阳光照不进高墙

海风吹不干泪痕

黄笠下的美目

却永远傲视命运

（1980 年）

小　岞

这块地方
海天最广阔
沙石很多
树呀无处扎根
四望一片荒凉
仿佛是到地狱的途上。

这块地方
颜脸黧黑的船员
看着船队日益破损
不及从前一半
多年艰辛修建的防波堤
至今仍未竣工。

旧时的砖木东歪西倒

建成的礼堂又崩塌

面对海上无望

到处有开山凿石的尖响

饥饿的唯一出路

让杠棒和板车磨硬双肩双掌

宗教又在这块地方复活

可祈祷又有何用

悲愤的命运空望海峡

连石头都饱含忧伤

人都反常地轻生

受一点委屈就奔赴死亡

这块地方天青海蓝

为什么不能放声歌颂?

在海岬清凉的空气里

找不到使心平静的一角

悲伤在这块地方!

痛苦在这块地方!

1980 年 12 月 23 日

盐　田

海滩被割成碎片
变作一方方镜面
贫瘠土地的另一耕耘
种出生活宝贵的盐。
　　也许其中贮存的
　　是泪水，不是海浪；
　　它映照阴沉的天色
　　静静地与哀伤对望。
从苦涩的水到甘美的雪
要耗费多少等待的时间
有如眼前深重苦难
升华尚须日久天长！

　　　　　　　　1980 年 12 月 24 日

（首发于《诗人蔡其矫》，后收入《蔡其矫的故园诗情》）

石 狮 镇

街道还是那样破败

估衣摊上却五光十色

污黑的廊下一片繁华

奢侈让贫穷更加刺目！

拥挤的人流中

绿衣灰衣如过江之鲫

他们自远方驱车而来

一律不需剥下伪装

边界在哪里？

落后一旦证实

权力再难强加

进步在羡慕的目中

自由正警惕逡巡。

三十年的蜗行

留下多少发光的印痕？

愚昧和贫乏

那才真是一误再误的如山铁证！

在那片叫声中

谁又能预知事物的反面？

谁能知道哪朵玫瑰有毒

哪把宝剑杀人？

幻想道路的终点是繁花的乐园

晕眩昏蒙中却步入泥潭！

醒来以后发现

世界在心中

海在天外。

1980 年 12 月 24 日

上　屿

我在沿海的村镇间步行

日落前越过小山

看到泉州湾内的渔港

像重叠的珊瑚那样

房屋沿着山的斜坡矗立

在暗下来的天空发光。

我走在小街上

一边是住屋

一边是海水

那天边的晚霞

倒映在水湿的海滩

上面几个黑影是归家的渔人

向远处的林带举步蹒跚。

街中拥挤着卖鱼的女孩

她把鱼一直举到行人面前

好不容易才从空隙穿过；

这一晚，就在完全的黑暗中

我闻着盐鱼的芬芳入眠。

1980 年 12 月 25 日

金色的浮云

夕阳下山，紫雾环生，

暮色渐渐改变一切，

远山浓郁，水波凝重，

树木楼房一下幽黑，

连船都显得笨拙难行；

唯有你，

冉冉飞升

明亮轻盈，

啊，金色的浮云！

少女的心！

带着沉静的微笑

神秘而辉煌

静悬在透明的天顶。

1980 年 12 月 25 日

（收入《迎风》等）

红 叶

你看，南方冬天的山
错杂有致的群枫
在光明中燃烧
多层生命的颜色
从金红到绯红
像团团火焰
使山谷为之明亮。

没有青烟，没有灰烬
美丽而轻盈
自由地表达
与众不同的树的爱情
将一直隐藏的灿烂的心
赤裸到顶
向你奉献岁岁年年
照耀你的眼睛直到永远。

1980 年 12 月 31 日

（收入《迎风》等）

安海之夜

门外是熟睡的郊野

堂上是歌鸟的聚会

送给我以田野的花束

一首首火热的诗

它最欢迎阳光

最厌恶黑夜

带有另一个境界的灿烂

和友爱的芬芳

在期望里飘送

进入饥渴的心底

当阴影经过

人更需要勇气

不知道什么叫危险

也无视种种限制

灵魂徘徊中的细语

遗失的是迷惘

保存的是情谊

这使我又经历一次旅程

从眼睛到心

从书本到大地

1980 年 12 月

（首发于《播种》1980 年 12 月号，后收入《蔡其矫的
故园诗情》）

太姥山

在一片洋田的机耕声中

我欢快地登上山冈

遥看折成三叠的瀑布

挂在光秃的岩上

却听不见流响。

盘旋的山路

陡峭的斜坡

都能见到初春景象

覆盆子开花晶莹雪白

山杜鹃开花娇艳鲜红。

来到笔架山前

仰望环列的众多巨岩

有伸嘴向天的孵卵大鸟

有从地面跃起的无尾海豹

仿佛古生代的怪物

被时间抛在这里

还在发散生命的芬芳思想；

但是那些剑戟林立的城

旗帜高张的堞楼

颓败的烽火台

破裂的壁障

知道他们的王惨跌泥土

都成沉默不语的石头。

发响的风

新修的梯级

带我走向高处

回看

巨蝉伏在壁上鸣叫

大象小象互相蹭痒

犀牛回首望着白昼的月亮

藓苔如绒的夹壁

七颗星在上头

圆大的龙珠

安放在永不枯竭的石池

天上的圈椅

云中的宝座

最不相关的事物并陈

真是平衡的奇迹

不协调中有着和谐

在直立云天的指挥棒下

演奏着石头的音乐

伴着天风的歌吟

向我倾泻。

最迷人的地方

许多危岩排列在天的路程

那是鲤鱼之天

在那里

原始的生命向天跃起

每一个都硕大无比

像被风吹逐的帆

在云雾中荡漾

充满欢欣

歌唱在光明里

给动作永久定形

让生的欢声

凝结为悠久的玄秘

诉说万有的常动

把热情注入我的眼里

形象在脑海发光

感觉出奇制胜

象征和爱相遇

远古流来的清泉

如迎光的酒

让开朗的灵魂啜饮

吐露心绪的秘密

鼓舞信念的火焰

从胸中飞起追逐的蝴蝶

扇动梦的羽翼。

夜临到山顶

四周像漆黑的城

我却无法安眠

在最高峰的褶缝里

有一座阴湿矮小的石屋

气氛森然

烟火熏成黑色的屋顶下

远古的尘世尚未埋葬

无须想象润饰

梦台这名字

就展现赤裸裸的愚昧

香客在微光中默默祷告

只求命运预先显示

梦中不断沉落的月亮

不断升起的太阳

带来的依然是

压在心头的沉重冬天。

就像痛苦和欢乐同时并存

落后和进步互为比邻

在梦台旁边

耸立着电视转播站的高塔

即使窗外料峭春寒

雾中只见新月

室内荧光屏上

照耀着心的太阳

在每一双瞳孔里闪亮

渴求知识的想望

谁都无法阻挡

一切都已非当年

这绝不是梦幻

也不是叫人忘忧的仙山

给困苦的人挡住寒气

为普遍的公正歌唱。

新晴的早晨

出现无边的云海

宁静的云海

百看不厌的云海

柔美的曦光

在谛听希望遥远的歌声

没有激昂

只有信心

战胜失望的谎骗

向天外鼓翼。

高空昏花的太阳

在刚从云海上升的雾中

画出一个巨大的弧形光环

笼罩山谷

辉耀着浅黄和淡蓝

柔和得没有明显界线

让我无卑无傲地处在中央

这是华盖吗？

一生难逢的高山彩虹

从前迷信的人称之为佛光

好比大自然有形的爱心

以金黄和蔚蓝的眸

深情向我回望

浮现盈盈的微笑

光晕随我移行

它擂响幸福的鼓点

在我心头震动。

我向传音谷高声喊话

说出心中的快乐

然后屏息谛听三次反响

似希望在回答

莫非这就是经历过苦难之后

就要实现人民的广大梦想？

让我在摇荡的高烟中

再次向彩虹欢呼

向从愚昧中解脱出来的自由欢呼

像口渴的人想喝水一样

欢呼心的文明

1980 年

（收《祈求》等）

武夷山梅

嫩冰一样薄的花千万朵
组成一团团晶莹的雾
明媚如同披着月光
在云烟中沉醉
一派天真的白茫茫。

雨的轻洒，风的呢喃
让清淡而经久弥存的芬芳
在崖壁下小径上流淌
沐浴在这温柔中
如坠入青春时期的梦。

旋转飞舞的闪闪落英
光的波纹在花枝间浮动
连生冷的地方都发亮
感染山岩上下

一切都仿佛在歌唱。

最后落入如镜水潭
在那深深的暗影里漂送
翠绿宝石嵌着洁白水晶
好像初生的早晨
亮出山的曙光。

1980 年

（收入《祈求》等）

峭壁兰丛

远望似稀薄的绿云
盘绕在寂寞壁上
并无醉人颜色
却发散持久的芬芳

近看是纤细的翠条
于荒谷摇荡生光
因为地处幽暗
更显得热情奔放

一向不求人知
总在杂枝乱草中深藏
只要一点土壤
即长年蓬勃无双

1980 年

（收入《祈求》等）

九　曲　溪

永恒的流水

有神秘的乐曲从滩上扬起

深深激荡在我胸怀里；

发光的流水

铺展一条多情的碧绿

把美径直送入我心

让尘世一切束缚脱去

目光不向空虚凝视。

看四围群山

像旌旗招展

像巨炮凌空

像举蹄的万马

向无瑕的天空奔驰。

峡谷森严

滩头怒号

在动乱不安的气氛中
是谁仰卧在高处
胸口对着晴空
袒露双峰在云影里
引申许许多多爱的神话
给人以非人间的安慰？
哦，流水，告诉我
你从滩上扬起的呼声
就是为她吗？

经过急滩
乱石攻竹排，
进入深潭
水平浪静，
常有美丽羽毛的小鸟
边飞边饮在水面
叫出不为人解的啼鸣
衬托着点点波光
好比一股欢悦的思潮
向四外扩散。

一湾碧水在滩前绕过
面前是壁立万仞的丹崖
顶上唱着众树的歌
岩花时开时落

倒影随风飘动

成千的月亮和星星在波纹上

四季鲜花在草木中

阳光有如飞流向水面投下

好像阵雨冲洗心的尘土。

流水在群山罗列中

逡巡徘徊，左盘右旋

仿佛是对山花岩草

恋恋不舍。

到了开阔地方

林中耸立数百年前的书院

渡口，茶园

一切都已改变

只有绝对的静默尚在。

长尾鸟从竹丛中惊起

突然把群山的倒影照亮

最生动的景色

就在这深水下出现。

而上面

万年的风雨

在巨大的石壁造成千孔百罅

仿佛是一串串音符

为难以理解的虹桥板和架壑船

谱出恒久的奇幻乐曲。

游人

从石形寻找心中的少女

她为什么化为石头不回去

作了九曲大门的标志

产生了纷纭的故事

道出人间的悲剧？

巍巍大王峰

耸立在高冈

近旁的圆形平台上

武夷君大会乡人的地方

参与的都是避秦的人

但那空中的箫鼓笙歌

彩绸帷幔

现在都不再让人幻想

什么仙踪，什么神迹

连同道学家和狐狸精

都是过去的噩梦，今日的笑谈

已像流水一样逝者不还！

现在枝上的鸟鸣

空谷的回音

滩头的浪声

都在呼唤新的建设

呼唤道路

呼唤文明。

1980 年

（收入《祈求》）

竹　林　里

泼水在空中凝固
翠绿快滴下露珠
看那光芒颤动在末梢
又像喷泉又像雾

飘落无形的雨
灌注心灵的湖
希望就在这一刻复活
自那失望的坟墓。

1980 年

（首发于《诗刊》1980 年 6 月号，后收入《祈求》等）

云　海

无声的浪潮

你的过去是阴雨

上下一片灰色暗淡；

所有痛苦都留在后面

再没有什么神圣的事物

值得人们对它留恋。

缓慢的波涛

你的未来是晴爽

新的希望冉冉上升；

大地展开最美的画卷

连最微细的烟也将消失

阳光照遍柔水花山。

1980 年

（收入《祈求》等）

大 竹 岚

——武夷山自然保护区

一座又一座万竹之山。

竹的海洋掀起竹的波浪。

铺展好比绿云，

幽深犹如为绿潭。

那些山，在天际高悬

照耀晴岚亿万竿

空气明艳无尘

满目都是绿光。

那下面，攒石连根

都是郁湿的深坑

吹着阴森无定的风

幽暗微光照在青苔上

心的绿荫

覆盖火热的梦。

路荫尽头，有如星云的光辉

千塔和万影交缠在一起

萧森的疏声

流出细韵

在密林波动。

大自然深邃的峡谷

笔直耸立的山沟

无人迹的森林

黑熊在杨梅树上抱枝熟睡

蟒蛇洪水中被卷入涡轮

危岩上的羚羊

以及倚着水石冬眠的

硬髭如角的蟾

无数美丽羽毛的鸟

无数珍奇的昆虫

组成气候过渡带的丰富资源

惊动过世界。

古木参天的十八跳深涧

悬挂半空的陡峭山墩

阳光泛成乳白色

青苔在树上和岩上冒烟

深沉的倒影

使水潭如碧玉一般

一线日光悄悄斜穿过

急湍的溪涧，染着

山林，树枝，兰丛

和落叶铺满的小径

草在呼吸

蜂在嗡鸣。

上到武夷山最高峰

冰的瀑布，雪的公路

陡峭的斜坡一层叠着一层

从天顶一直到深坑

成了阴森的魔鬼峡谷

在夕阳烟雾中急遽变幻。

天风在呼啸

云雾在汹涌

阳光透过雾隙

把一片山石照成琥珀色

发出魅人朦胧的光

下面两线松树的山陵

在虚无中临空隐现

如妙手丹青。

在这下面

偏僻山村的古老教堂

一口有铭文的钟，挂在

三条水汇集的地方

百年前就远播盛名

报告这里蕴藏科学的财富

但长久以来又被埋没

今天才得到新生！

1980 年

（收入《祈求》等）

五 更 天

黑夜尚未凋尽

一点圆朋的晨星挂天边

喷雾浮烟中

曙色朝霞刚刚展现。

这是将明将旦

天空渐开渐朗

那斑斓的光明四映

穿透阴晦的障幕

有如含苞的繁花满天初放

隐约朦胧中光芒闪闪

胜过所有的梦幻。

1980 年

（收入《祈求》等）

燕　江

薄雾的早晨
小小竹排站着鱼鹰
你是多么沉静。

大雨滂沱中
江上勇敢的艄排人
飞般在浅滩暗礁中穿行
你是多么凶猛。

月光下
一点两点的渔火
朦胧中好似凉夜流萤
你又是多么清冷。

美丽而贫穷的燕江呀
山间走过多少起义的人马

岸边留下多少情人的脚印？

勇敢又热情的燕江呀
万山丛中两条水
汇成一股江流
走过千年坎坷的路程！

多难而光明的燕江呀
众多的桥和众多的电站
正烘托着生命蓬勃的
新山城！

1980 年

（收入《祈求》等）

九泷十八滩今昔

志书：谈水之险，首蜀次闽；闽水之险，则九泷
十八滩最焉。

半沉的山

荒漠的湖

枯水季节的死亡线

深高一丈多，

淹没后又露出的

白色枯树——乔木的骷髅

叫人惊心怵目。

废弃的山庄

哑了的村落

残垣颓壁像戏台上道具，

难道这就是

大名鼎鼎的九泷十八滩？

受阻的风

在深水之上回旋

霹雳似的浪涛哪里去了？

游艇载着我在静水上

再也闻不见舟子的呼声

它已埋在湖底深处

雄壮的吆喝变成永恒的寂静！

一切都平稳，我将寄日何方

不如阖上眼帘

让一阵莫名的思绪

重现过去不久的景象……

在朦胧的幻境中

我看见两岸崇山峻岭

峭壁倚空

积云静悬

烟雾茫茫。

山崔嵬，如墙笔立

崖嶒峻，如帷悬挂

乱木连云，天昏水黑。

江上怪石如剑如戟

如卧牛，如伏蛙

如翻天印，如覆地钟；

水石相激如轰雷

如惊飙

急流浪峰，奔逐跳跃

狂澜怒水，滚龙翻蛟

逆浪冲天，山岳动摇。

行船到这里都减载空舱

船头缚紧防波竹篷

再请当地的艄工引水

宰牲奠酒在龙王庙

祈求拜祷，高呼神明

然后撑船冲入喧天雷鸣之中。

但见船只仿如从天跌落

冲波擂鼓

腾空飞箭

引弦射潮

在乱涛合势如山时

倏忽间船身从水底攒过

人半在浪中

共同发出震天狂叫

尖嗓唱喝

嘶声凄怆

艄工前呼

众工后和

满船激烈

生死须臾……

我的心随着游艇逡巡

一泷一滩仔细察看

断岩裂石都不放过

在这云影湖光中

包含多少人世沧桑

千古忧伤已不见

怒涛让位给静水

为什么会唤起联想

追忆那模糊往事？

难道现实和往昔之间

还有什么联系？

众溪的春水聚拢湖中

万代的秋星悬挂高坝

在嵯峨的顶巅宣布黎明

我们要去接受

山和水从未给予的一切

现在仅仅是开始。

蓝色的微风

说出水路的艰辛已属过去

有一个梦在鼓舞我：

让湖不再知道有夜晚

有荒芜，

让沿岸设码头，走汽轮

有频繁的运输，

让群山不再寂寞

让人民富裕！

1980 年

（收入《祈求》等）

雨雾霞浦

早春如雨的雾
尽日在低空飞腾
青春的榕树枝
枝上的鹰巢
都蒙上海气杂着烟云
如烦恼的思绪蠕动移行
一时使天色昏暝。

天落在湾上屋顶
近旁只有海涂和浊浪
远海是火柴枝一般细小的
一串帆影向南挪动
高飞远逸有如希望
迢遥的一线白光
照耀在远方。

1980 年

（收入《祈求》等）

闽 峡

两边的崖壁如门敞开

可是出海的航道波浪兼天

那些隐藏的礁石排成线

如一条断齿的门槛

风急浪生烟

海气罩天半

本地的同志指着它对我说

如此的风浪怎可出航！

冷风无法吹散海门的雾

暖风不来，冬天久久不去

站在开放紫色小花的山头

遥看那些海岛的迷茫处

风帆散乱如秋天落叶

连天空也仿佛在倾泻奔流

要让帆腹饱食三月风

现在可是时候？

1980 年

（收入《祈求》等）

闽北红豆

这里也许是亚热带的顶端
霜雪的侵袭使树孤单
身倚云汉不可登攀

在落叶和覆土之下搜寻
索取寒冷之树的温热馈赠
得到的都不是圆形

也许这是乔木的真正豆类
坚硬与色泽同姐妹相似
也只好深信不疑

可是这朱红耀眼的美丽
这瞬间的快感和恒久相思
能将它送给谁？

1980 年

（收入《双虹》等）

大　叶　榕

沙面的河港上空

巨大而张开的枝柯

缀满柠檬黄的新叶

好像斑驳的阳光笼罩全部绿水

一切的美醒来

给南国少男少女带来无穷希望

告诉我

把光明照进眼瞳

从心头扫净昨日阴云

是这棵大叶榕吗？

告诉我

用嫩叶绕遍梦境

向未来呼唤新欢

是这棵大叶榕吗？

1980 年

（收入《双虹》等）

六　弦　琴

夕阳接近远山

紫色的城市就在脚下

你坐着，怀里是一把

坚韧的木材制成的

了无节痕的琴

是你赋予生命

以丰美的手

纤嫩的肌肤

抚弄弦线

起先有些羞涩

不久就进入青春之恋的

无邪的陶醉中；

是冥想之音

在紧闭的蜂房似的

心灵的深处嗡鸣

仿佛有流泻的阳光

在空气的湖面上拂起涟漪

一颗流星坠入深渊

激起一道喷泉

迸出几星光芒。

这时，城市在灿烂中燃烧

发光的河流在雾中飘浮

幻觉尚未从天际消逝

美丽的黄昏到了。

1980 年

（收入《双虹》等）

啊，你

最是阴晴无定的节令
我常听见你悄悄足音

有如隆隆的雷雨将到
百草千花向你欢呼

在这愁闷相继的日子
你的足音响亮在我心里

今天我满心快活舒畅
因为闻到你的芬芳。

1980 年

（收入《迎风》）

在　雨　天

戴着蓝色小表的手指，
孩子一样圆润纤细。
年轻的胸
印度舞神的石像那样沉睡。
风似的颤动卷发下
无声的蜻蜓栖息。

纯洁形体每一动作都绘出
生动活泼的青春小鸟
跳跃在光中；
美在瞬间到来，又瞬间消逝。

像宝石的闪烁
大而美丽的波光荡漾的深潭
淹没凄清的记忆
那里有生命在呼唤
叫人不敢凝视。

1980 年

（收入《迎风》）

给武夷山建设者

峭壁的山兰傍着杜鹃，

危崖边的紫荆对着紫藤；

苍松覆盖壁立万仞，

绿竹托起石级千层；

而九曲回肠般的溪流，

给这一切以清晰的倒影。

啊，武夷山，天然的园林！

有无数为你跳荡的心，

从你伟大的寂静中

听到未来风物繁华的歌声！

1980 年

（收入《蔡其矫诗歌回廊·翠鸟》等）

越 南 难 民

悲伤的眼睛

倦于漂泊的回忆

远离战火

再不见面的故乡

绿水和丛林

亲切的池中倒影

徒自留在深深的梦里

纤小身姿

随同一家人

来做寂寞的异乡客

落在被忽略的土地

你的女友是风

你的伙伴是灰尘

你的文化学习

也许终归成了奢侈品……

1980 年

八大山人

被赶出来的失途的鹿
在警惕中欲前犹止

不再是灵活的无名的鱼
在深水中仍怒目而视

巨壑里的哑然呼喊
哀鸿遍野时不屑悲啼

离根的飘蓬者的心
一面寒光逼人的镜子

1980 年

上 访 者

在车上满面羞惭对着售票员

因为袋子里掏不出几分钱；

在餐馆张皇失指收罗残羹剩饭

也许全家老少都靠这扶养；

那些战栗的手啊！

那些无告的目光啊！

他们都是本性极端善良

并不明白什么是自由思想；

也许还不觉得锁链的耻辱

戴着镣铐犹山呼万岁；

可是现在一身褴褛

触目地站在华厦面前！

已经是寒冷的秋夜

盖着报纸蜷缩在人行道上

能给予注视和温暖的
只有天上多情的月亮！

但他们却教了大家
时代的脉搏就在这里
受尽凌辱委屈，难道不是
对这现实并无认识？

（1980 年）

流 浪 歌 女

一朵白莲在晴日水中开放
银亮的心发出金丝雀的啭鸣

那心是光中之光如早霞辉煌
是阴影中的阴影在子夜星云

是一切深渊中的深渊
灵魂在无怨无艾时刻也爱也恨
花的芬芳流入阴云下的花圃
沦落的哀歌满溢回声的天宇

（1980 年）

山　兰

远望是微薄绿云
盘绕在寂寞的岩上
并无诱人的艳色
却发散持久的芬芳。
近看是纤细翠绿
荒谷摇曳生光
香幽因为地处幽暗
更显得热情奔放。
在林下陡壁
并没有炫目的辉煌
但那透明的飞花
却在剑丛展翅迎风
只要有一点点土壤
就长年翠绿无穷
永远都不求人知，
只图能够神情放浪。

（1980 年）

大 红 袍

所在九龙窠——

在狭小的长谷里

又有许多小冈峦

奔向一个小圆丘

人们叫这为九龙抢珠。

就在这峭壁上

有个颇大的岩洞

曾经有棵大茶树

靠岩上的滴水生活

享受数百年的盛名

后来枯死了或失踪了

谁也说不清

但从那岩洞中

又掉落一棵野生茶树

落在下面活起来

袭用了那响亮的名字

还是吸引无数人的尊崇

在那里默默地生长。

（1980 年）

水　杉

玫瑰，藏枝露刺

通体全无力，醉颜不自持

醉晕，夕阳

火丛，经霜红叶

乱展如云涌鸟飞翔

明灯转，红帐翻

照梁耀壁

低昂灼烁，浓淡参差

挂衣伤手尽从它

要折就折高枝

有时软条及地

有时艳色烧空

半卷半开

与狂风对舞

芳心谁许，醉态难支

（1980 年）

天　鹅

衬着上升的太阳

和水上的波光

在群山和湖泊之上，一群漂亮的巨鸟

伸长细而柔软的脖颈，高飞在云层

巨大翅膀疏疏地发出响声

我听见静寂中幸福光明的歌

若能引吭向天高歌

也就是声嘶哑旧怅然

那光明散布在盐味的海上

（1980 年）

黑　　贴

封建时代的产物
文字掌握在少数人手里
于是有了刀笔吏
暗里的攻讦，造谣、中伤
不可能是正式的战斗
后来的名字叫大字报
是它的放大和推广
只要有出版自由和民主
它就自然寿终正寝。

（1980 年）

佛 光 向 我

古生代的怪石

被时间抛在这里

凝结着悠久的玄秘

高悬在半空

浮动云的光明

让开朗的胸怀酌饮

每一块岩石都有生命

都有感情

都有散发芬芳思想的脉管

秘密心绪的泉源

鼓舞信念的火焰

无声的语言

原始的鲤鱼向天跃动

每一条都硕大无比

只有欢欣

跃向光明

歌唱在半空

飞翔在云顶

向四面八方来的风

播撒生命的欢唱

把自然美赞扬

让我啜饮远古流来的清泉

有爱情进入我的望眼

从胸飞起近逐的蝴蝶

展开纯洁的梦的羽翼

诉说生命的常动

也被它回望

余绪：

人在建设，在斗争，在哭泣，在接吻

要为不同的题材而写作

写我的怀疑，写我自己

写关于伟大的爱情的期待

以及关于真伪之别

关于人的苦难与忧愁

（1980 年）

大 叶 柳

犬吠鸡鸣来自人类的旧乡
时间不再前时进，四围是暴风和飞沙

枯死的胡杨林，记录了前一世纪
每年的飞沙淤积在河岸
逼使河岸不断迁移
从汉朝以来，流水已向北改动一百公里
没有季节观念的土地
大自然是多么残酷艰难
为他人而生活的人，才是真正为着自己而生活的人。

上一代太苦，这一代太难
下一代不能
不能再这样苦和难呀！

（1980 年）

⊙ **1981 年**

元旦麒麟山

钢城在狭谷里

公园在山梁上

成千的脚步扬起尘埃

穿过密密的杉松

人流向上喷涌

尽管道路崎岖

设备简陋

只要放目远方

心就欢畅

世界从来没有地覆天翻

任何建设都点滴艰难

我相信这里的将来

会有玫瑰，会有喷泉

1981 年 1 月 3 日

乡村晚会

不大的剧场座无虚席

连走道也挤满青年男女

台上台下围着孩子

鼎沸之声盖过南曲……

唯当正剧开始

忠诚与背叛

爱情与死亡

以简陋的形式

展现在朦胧中

全场鸦雀无声

枷锁缠身的愤怒

正义重申的想望

阴影笼罩的面容

不知不觉中的泪光

一直到幕落乐终……

1981 年 1 月 5 日晨

心　潮

在落叶满地的园中，西北风
又在咆哮中重整力量
告诉我，那嫩绿的树
又将进入闷人的冬眠吗？

沿着收割后的田垄，阳光
像笑容从脸上依依不舍地撤离
告诉我，已完成的果实
会再次变成地下种子吗？

空气中充满忧郁，每一年
都在开始的时候叫人憋气
告诉我，上涨的潮水
又要退落到冷僻的海岸吗？

尽管是影子或破片，亲爱的

又在梦的边沿呼唤

告诉我，受践踏的心

会在鸟儿的歌声中回响吗？

1981 年 1 月 6 日

（收入《迎风》等）

金 光 菊

农田的花
菊中的巨人
多么艳丽，多么炫目
用无数圆眼直瞪太阳
仿佛要身试谁更明亮

人们说
内山很早就有
近年才落户海滨
在岸边对池塘喃喃细语
在山上与云天频频相吻
整天都唱无声的歌
给路人以无数光明

1981 年 1 月 7 日上午

丹　枫

从早飞到晚

落叶无声

仔细看

半醉半醒

美酒偷尝在先

造成通体透明

爱人眼中看

酡颜红叶两相映

在这冬日的晴天

有风也不觉得冷

暮色临近

欢情未尽日衔山

如血残阳挂黄昏

山树一片红漫烂

似柳双眉无余恨

甘让世人冷眼看

1981 年 1 月 23 日

相　爱

一切限制都消失

连世界也不存在

只有你和我

楼房就是荒岛

墙壁就是密林

头上有行云

身下有浪声

没有别人

只有你我在天顶

1981 年 1 月 27 日

永 宁 卫

古代泉州港的外围

一座水寨伸入海中

驻过中世纪强大的水军

二十万居民的城

有过显赫府第

临海的街货栈如林

频繁往来的风帆

夜晚闪烁的桅灯

手持火把的营兵在戍楼呼唤

这一切都随历史告别

没入永远的寂静

宏伟的城隍庙

如今荒芜如空庭

暮霭中风物凄凉

枯潭不再印月影

溪流断竭

水关沟完全淤塞

波浪退向远村

难得闻到海的咸腥

这一切都因为

那些战乱的年代

贪污的官吏和无能的将军

多次把城奉给外寇

使人民星散

家乡破

昔日洗街的国仇家恨

至今犹叫老人涕零！

1981 年 2 月 2 日

深 沪 湾

打来回的浪涛
摇荡在缥缈轻烟中
把海水吹得又黑又白
是终日不息的风。

没有脚印的沙滩
刺眼的空白上面
避风的群鸥受到惊扰
在凄惨的飞沙中盘旋。

哎，这里就是
远古海上的门户吗？
石碑指示过，从这里
可以直达皇帝的京城吗？

今天除了风

一切都沉寂如寒霜

虽然帆还在斜飞

再无一丝从前的盛况！

1981 年 2 月 6 日

（首发于《新光》1981 年第 1 期，后收入《蔡其矫的故
园诗情》）

永宁海岬

没有渔船

没有鸟迹

礁石下面绕遍白波

飞沫直溅晴天

未成熟的秋牡丹般的孩子

因浪花照耀而见出深沉

心胸迎着一片浩渺开放

在酌饮海的光明

喧哗的浪声中

一阵欢欣的风迸发出来

吹掉梦的尘土

把心灵之美释放

仿佛那漩涡深处

有秘密的泉源可以消除伤痛

让乡愁上升

让一切忧患埋葬

1981 年 2 月 25 日

（收入《迎风》等）

扒　蛤　者

像水泥地板那样坚实平坦

湿润的海滩光可照人

没有杂物的黄色细沙

比涂蜡的舞池还要干净。

就在这光辉中

一个老人缓缓移身

手持镶铁的长耙

像耘田一样来回不停。

当他察觉有轻微的响动

就弯腰从沙下

捡出一枚鹅黄带棕的海蛤；

上面天高，远处海阔

孤单黑影和大片光明

构成一幅生动的图画。

1981 年 2 月 27 日

漳　州

纵横的河流，众多长桥
到处是水和树的气息
悬挂和堆积着柑橘香蕉
街上太阳和尘雾混合一起

院里散放柠檬的香味
月桂叫人清醒又叫人昏迷
密密荔枝林筛不下阳光
以深沉覆盖着睡眠

因为纪念而神圣的南山寺
最动人的东西是沉寂
香火在虚无中飘动
也使人想到休息

阶前和水边

欲有欲无的竹影

总是在南风中滴泪

仿佛永远思念一个谁

高堤下碧绿的水渠

为爱情的密谈而创造的草地

每个人都找到自己的青春

有如旧歌填了新词

那繁花，那密树

又陌生，又熟悉

响着遥远记忆的笑声

卷进众梦之乡深处

1981 年 3 月 14 日

漳 浦 所 见

头上飞场一阵白色的风
大群鹭鸶从原野掠过
青山在倒影中忽然溶解
水田跳出明月无数

1981 年 3 月 22 日

闽东云淡门

风初定

雨初晴

天是苹果绿

海是鸭蛋青

轻烟中一只孤飞的白鹭

在海面引出千百只眼睛

我的心是一朵过境的云

已经跟随着这航道远行

1981 年 4 月 1 日

海滨茶园

想不到临海还有高山

还有肥美的黄土壤

还有自称为上京的富庶村庄

经常的雾雨来自海上

造成这一带的湿润土地

林木幽美，花繁草长

汽车无声地滑下斜坡

惊起一群过路的小牛

牧童却悠然坐在老牛背上

路边一畦畦的茶树

雨洗过的绿叶在欢笑

那欢笑把我的眼睛照亮

1981 年 4 月 2 日

有　声

翅膀在道路的琴弦上响鸣

落花在树林里低吟

远水向着百合花呼唤

所有的声音都在撞击阴沉的云

1981 年 4 月 20 日

风 和 头 发

一会儿关住
一会儿打开
那如花的颜脸
不知是悲是喜？

像云那样黑
像雪那样白
开关中强烈的对比
叫人难以猜测。

双眼闪射
双眉飞展
因风的时起时落
而更加飘忽神秘。

1981 年 4 月 24 日

天 鹅 之 死

多么美丽，多么辉煌
四只天上的君王
落在冬天城市不结冰的湖上。

多么洁白动人的形体
向来在翩翩飞过
跳动这一回停落在这里。

这都怪你呀，天鹅；
你为什么停在这个地方
这里的管事
这里的警察无知无识
他们两眼漆黑维护统治
哪里会关怀善和美？

白日发光，黑夜闪亮

时常飞舞皎洁的翅膀

那凶杀的枪声

犹在心灵的深处丧响

我仿佛感到那战栗，那颤动

在余晖的微光中

无法忘掉

它忽然从湖上飞起

耀动无力的翅膀

一头栽向山冈摔死

它的伴侣也不吃不喝

因悲哀的眼睛四处搜寻

那死亡之手

在逼近的薄暮中发亮

伟大而崇高的禽鸟

堵死那卑鄙和邪恶

秀挺浮动的百合花

掠夺善良者

蹂躏一切美好的事物

在湖边的沥青路上，在洋灰铸就的台阶上

（1981 年 4 月）

虔　诚

哦，年轻的双足
经水的湿润
在我眼里柔软冰莹
真想用我的头发
把它擦净。

这样深爱的肢体
从来没有人
因为它曾站过我心上
将我蹂躏。

我爱这双足
犹如爱你双唇
每次接触
都是痛苦的吻。

1981 年 5 月 9 日

闷 罐 车

一上车就把小窗户占据
虽然顺墙有硬板凳
最好还是在敞开的门前站立
空气在这里最宝贵
对吗？

不对。
在闷热中
仿佛有种波动
在促进灵魂的接触
我们都用欢愉的目光
看着靠在热壁上的老妇和少女
合吃一根冰棒；
再也没有别的地方
比这张生活的图画
更迷人。

1981 年 5 月 11 日

朝　云

风在天空追逐
这是我对你色彩的无限热爱
啊，朝云！

但愿你在我的吹送中
摇落你暗影中的忧伤

以无言的温情注视大地
这是你在我风中飞翔的喜悦

也让我以你的色彩丰富琴弦
为你沉默中的心事高歌
啊，朝云！

1981 年 5 月 12 日

年 轻 的 星

在春天晚上进入眼帘

便抛下微笑在花上草上

虽然至今犹默默无言

可又好多回在心里闪亮

长久盼望和悬念之后

你是逗留我天空最后的星光

从前未唱完的歌

又在高空云影间响动

仿佛是美的召唤

正悄声微语着一个希望

1981 年 5 月 12 日晚

东 冲 半 岛

无数的高山结成长阵

好像是巨大的百足蜈蚣

伸入波涛汹涌的汪洋

把海分成为内外。

里边是富足的三都澳

外面是海峡风浪

把住闽东的要冲

几百年来都不平静

铁蹄，火光

血染的大地，烟熏的天空

终不能湮灭你的美丽

风风雨雨把你洗得更漂亮。

今天，你万松的高山

照耀无数花环般的阳光

融合着迷离的云雾

在晴雨相交中多么辉煌

对着波心的帆影

天边的鸟迹

你环护内海，放眼外洋

既温柔，又刚强。

人民为加快建设步伐

要掀起新的洪流

未来的抒情波浪

也许正在静默中颤动。

1981 年 5 月 13 日

大　风　砂

阳光明媚的正午

我满怀兴奋去赴宴会

心想该唱首欢歌留存

忽然狂风刮来

晴朗的天说变就变

来到了吓人的黄昏

街上跑过一列又一列黑色巨柱

空中垂落直立的云

天暗地黑的压力

叫人不能忍受的喧嚷

好像带来灾难的野心家

那一副蛮横的尊容

又要撕毁什么，绞杀什么

彻底蹂躏了盛开的迎春花——

可怜的四月落英缤纷

又是折磨人的时辰！

1981 年 5 月 14 日

柚 子 花

茂盛的绿叶点缀球形的花蕊，
洁白像冰雪在林中照耀；

独具一格的醉人芬芳，
使伤春的一切愁苦和怨恨
都在这一刻云散雾消。

虽说现在还是梅雨天气
但晴朗的夏即将来到
一生钟爱洁白芬芳的事物
再大艰难也经受得了！

1981 年 5 月

（收入《双虹》等）

雨后樱桃沟

只不过是几分钟

风就把草尖的雨珠吹干

新的园林，宛如柔软的地毯

在蔷薇架和雪松之间

多么光辉

多么新鲜

好像最后的时刻最值得留恋。

光明的草坪，光明的山

一切都沉默

只有孩子的欢声

搅动云天

仿佛这时的歌舞

是为了烘托这

美丽的大自然，无声的大自然。

夕阳挂在山巅

阴影起自灌木下面

有明亮的风

明亮的草

明亮的孩子的眼睛

连同黄昏溶入心中

再不存在什么忧伤黑暗。

1981 年 5 月

（收入《双虹》等）

广场之夜

喷泉般的灯光
洒落在人群徜徉的坪地，
满天星斗相形失色
地上的欢乐弥布天际。
广场，你真美丽
所有的光明都在这夜色里陶醉。

缠绵的话有轻风伴奏
热情的歌自灯柱涌起，
已经忘记的芬芳
重来深沉的阴影里。
一颗旅人的心如水明净
用全部渊默容纳所看到的一切。

即使分别多么痛苦
短晤又多么难期

也应该燃烧巨大的热望

为在他人心上安放火星一粒。

人呀，在这溽暑的凉夜

为什么还要潜藏心的秘密？

不要吝惜字句的星座，

不要收藏唱出来的歌，

就像这夜的广场呼吸着

灼热的空气和青草的芳香，

畅饮这杯生活的美酒吧，

生命在盛夏最为辉煌！

让时间的激流带我们前去

好比夜的竖琴铮纵作响，

每一寸空间都填满激情

再不需要沉思默想。

人呀！斗争是值得的，

谁也不能阻止深厚生命的跳动。

曾经畅饮历史长河的琼浆

在现实面前怎能不理直气壮！

啊，迈步向前的快乐！

啊，生命向上的欢畅！

让生活展开翅膀

飞向迟升的宁静的月亮。

人散街净后，城市入睡
我的心却朝向瓷色的天空
再一次为年轻人祝福
再一次做千年的梦。
啊！纵然已经走遍天涯海角
我仍然最爱这出发的地方。

1981 年 5 月

（收入《双虹》等）

歌舞团来到林区

友爱的满月照耀在这晚上，
被击碎的云块散作轻烟，
汽灯光又横溢着生活的美酒，
将每一只眼睛的杯子注满。
你们来，深山里的土台上
出现了光彩夺目的花园，
你们来，那最动人的春天
又在微笑中出没，在乐声里歌唱。

你们的歌，仿佛有大海的波涛
还夹带着一点森林湿漉漉的气味，
那生活的歌呀，它落在心上
黑夜也像白天一样光亮。
那木琴的棍棒跳跃
奏出开朗的爱的音乐，
有这样的琴声悠扬，
静寂的山林也成了剧院。

那笛声吹出早晨的鸟鸣，

微妙的心事在胸中低语，

谁想得到松涛呼啸的这块地方，

如今是妙手清歌在回荡！

又庄严，又美好，

在欢笑的灯光下开始了舞蹈。

你们的舞蹈好像阵阵春风

抚爱林中空地的小草，

又好像从窠里飞出的鹰

在黎明时的薄雾中升飘。

那明朗的笑好像串串珍珠

在心的盘子上滚转弹跳。

生活的烈火在呼唤

青春在血管里燃烧，

那黑宝石般的眼睛

映着月亮的光照，

仿佛在老朋友对饮的杯中

出现日常欢乐的微笑。

爱情的河在心中流过，

林中的花在眼前照耀，

那气象万千的苍松翠柏，

又在微风中向我们招摇……

1981 年 5 月

（收入《双虹》等）

多雨的冬天

应该赞扬，还是应该厌弃？
这不像冬天：无风，无霜，无雪。
多么温暖，多么湿润，这呼吸
好像是在暮春梅雨时节。

吹号于北国的寒风不能南来
一定是受了海洋暖流的阻截。
回想那久已逝去的秋季
人在等待，可等待什么有谁懂得？

弥漫的雾，低低的云，
流浪的鸟群在无花的山坡乱飞，
它们还不忙于向远方迁徙
虽然这里已是松树静默，荒草萋萋。

太阳有时从云中窥探下来

阴暗并未能覆盖一切
裸露而未枯干的树枝掉落水滴。

笼罩我的心的是什么思绪？
节令颠倒，时穷世乱，亲爱的人
我向你呼唤，在这荒漠的等待里。

1981 年 5 月

（收入《双虹》等）

怀　想

有冰冷的河弯过木屋
那热切的脸向我凝视。
有如盖的树笼罩河上
拨我心弦用风的手指。

你是我黄昏空中的晚霞
我向你唱夕阳的诗。
而你的歌却是繁星
闪烁在我灵魂的深处。

我的诗只是萧萧黄叶
以温热的梦嘲笑暴风雨。
你的歌却似花的沉默
用永久的芬芳蔑视权威。

1981 年 5 月

（收入《双虹》等）

赠人以枯花

远行的花

不曾褪色

长留着顽皮的记忆

于今看来

它还带着那天的空气和阳光

不会改变

即使雪落冰封

1981 年 5 月

（收入《双虹》等）

浪　花

近旁而又遥远的波浪，
人世间唯一不寂静的花，
白天有海鸥为你做伴，
夜晚有星光在倾诉相思。

但你既不愿在大海的怀抱中安息，
也不愿和岩岸长久地温存，
你永远高傲地自由顾盼，
天赋的姿容却已有些憔悴。

天边一朵将逝的云，
它孤寂地注视着你，
不顾空间和时间的距离，
渴求着无望的爱，
用秋风一般最后的叹息，
把衷心的祝福送给你。

1981 年 5 月

（收入《双虹》等）

红　梅

常被当作桃花看，

清瘦寂寞未放时。

一旦浩荡春风触青枝，

雾雨连绵侵冰肌，

舒绿叶，

展愁眉，

开笑靥，

发皓齿，

一杯红酒报知己，

芳心不惜为春醉，

醉后酡颜赛胭脂。

倾倒山城，

激扬诗思；

情真如日月，

光华照天地。

1981 年 5 月

（收入《双虹》等）

无题·爱情呀

爱情呀，把你的勇气给我
那种敢于抛弃一切
或为一切所抛弃的果敢，
那种为你而忍受万苦千难的明断，
追求使我坚强
为你献出热诚从不疲倦。

自由呀，把你的信心给我
那种对权威不屑一顾的视线，
那种从美中产生欢乐的信念，
热望使我专注。
即使在失败中仍保有尊严。

渴慕云霞的心呵！
把燃烧着的挑衅掷给太阳；
因为没有爱

真理孤独而且冰冷，

没有自由

美片刻都难生存。

1981 年 5 月

（收入《双虹》等）

海 上 雨 晨

浓重的云在低空流动
航标灯忽现忽隐
混浊的波浪
灰色的黎明。

雨雾中孤飞的海鸥
甲板上稀疏的人影
落帆的渔船
无声的早晨。

1981 年 5 月

（收入《双虹》等）

建　　筑

无数的建筑木架

高高耸立在我们城市上空，

无数的砖石，无数的钢骨

到处在结构雄伟的形象。

运送沙石的载重车走来

不息的马达声在歌唱；

搅拌机在日夜转动

灰和沙土的尘雾四散飞扬；

工人的大斧砍在木材上

飞舞的木片闪着白光；

几把铲子一起铲着泥板！

发出连续的铁的音响。

排列成行的工人

熟练地砌着青砖，

我们看得见高墙每时每刻都在生长；

无数的柱子，无数的

门窗已经竖立，

我们嗅得到新鲜木材的一阵阵清香。

而在这一切的上面，

是飞着红旗的青色的天空，

是最近落成的插天的烟囱，

烟已经在那里飘荡。

1981 年 5 月

（收入《双虹》等）

长春的风

它从白杨的柔枝间走过，
唤醒沉睡已久的绿色的树液，
让春天和绿意来到每一枝条。
它飘起少女长长的发辫
和那发辫上的红色的绸带，
有不自觉的喜悦来到她的嘴边。
在半是绿水半是浮冰的湖上，
它吹起深蓝的波浪和银光的水珠，
一次又一次地摇动苏醒的土地。
我站在斜坡上，它用有力的手臂推我前进，
以苍茫大地的力量注入我的心。

1981 年 5 月

（收入《双虹》等）

密 林 烟 雨

每一棵松树都像一座雕镂的宝塔，
从倾斜的飞檐滴落银光的珍珠。
每一棵白桦都像一枝刚熄灭的蜡烛，
在潮湿的空气中静静地冒烟
而雨雾却像一块神秘的手帕，
一会儿绕着树身，一会儿遮盖树顶。
树林已渐昏暗，道路也已经朦胧，
只有两个森林铁路的巡夜人，
提着一盏不明的油灯，
沿着轨道悉悉前进，
一直走到深夜，一直走到天明。

1981 年 5 月

（收入《双虹》等）

兰州市郊

近处是宁静的果园菜地

傍着汹涌咆哮的黄河

青苍和雄浑

大西北的色调动人

远处灰烬一样的荒山秃岭

下临绿树掩映的新村

古老和年轻

祖国大地的象征

1981 年 9 月

赠人在刘家峡

为奔腾叫嚣的浪涛吸引
你坚决走向骇目水滨
在脉搏急跳之后
还要被溅湿才称心吗?

上来吧,年轻人!
自古观景都重在登临
距离使物象高大
低微是由于太逼近。

1981 年 9 月

石头的情人

从一个贫农入伍当兵

烟尘中转战大西北

又屯垦天马之乡

几十年心晶莹

是受了什么神圣的启迪

废寝忘餐从事篆刻和石雕

使书橱和案上琳琅满目

谁不把你看成奇迹？

因此被指谪为玩物丧志

十年中备受打击

你抛掉乌纱帽

潜心做伯乐

把炊事员培养为版画家

自己却永远沉默……

你的那些龙蛇飞舞

以另一形式再现伟大诗歌

一系列的古朴形象

朦胧中辉耀着不再的历史；

你抚爱顽石

坚贞已深入灵魂

石头创造了另一个你。

1981 年 10 月 11 日，伊犁

古里加汗——世界的花

这朵玫瑰迷人深沉

纯洁无瑕就像刚刚诞生

那清风吹扬的举止

那朝阳照耀着的眉宇

都如音乐那样动人

万鸟在她头上竞飞

彩霞围着她升腾

欢乐长生不老

地平线上的她永兆光明

1981 年 10 月 12 日，伊犁

（收入《醉石》等）

阿拉玛里哨所

长年积雪的黑山斜坡

是幽美的夏天牧场

蒙古包的花遍山开放

万头牛羊点点如浪

庶务长的代销店

是牧民会面的地方

巡逻兵走北线

毡房是中途休息站

吃了敬客的茶和饭

又冒雨向绝壁踏看

一边是漆黑的杉树林

一边是耀眼的冰达坂

冬天野兽随雪线下移

笨重的熊，灵敏的豹

深沟常有牡鹿碰掉的角

野猪和黄羊，不怕狗的狼

跟边防兵擦肩过

国境线上不许鸣枪

无论是放哨，无论是潜伏

士兵不辞卧冰沐雪

从三头骆驼一口锅

到今天苹果成林

依旧是日看冰，夜看星

无限热爱这里的风景。

1981 年 10 月 16 日

乌鲁木齐的黄昏

绿杨漂染光耀的眼睛

夜露滴落湿润牧场

消失红山嘴

视觉重新得到释放

看见春天柔媚的脸颊

心再一次被唤醒

西番莲开放在空庭

花瓣暗示了热切的灵魂

金丝雀展翅飞去

朝着透明光亮的戈壁上空

那里响着神秘的乐声。

树枝垂落在水渠

静静林带空蒙如烟

星月在夕暮深处上升

走完阴影印花的路

热吻从天山降落

给黄昏带来

花一样的幻境。

1981 年 10 月 17 日夜

（收入《迎风》等）

天　池

强劲的冰风啊

不要吹散那手中绒球

现代西王母

举起秀美的纤指

背后是碧玉池上的蔚蓝

和雪峰下浓重的暗影

成千的云杉金字塔

于白雪蓝水之间沉思

倒映水面的天马

可是载来万里之外的云？

天山早就在魂梦中

如今更有黄地丁

垂灭放射光辉的陨石

击碎了栅栏

随风荡漾自由孩子的小伞

高飞的向往

在绿茸茸的牧野之上

心的雪山光明纯净。

听见海的呼声

升起热情的蓝色阴影

新的胚芽随之诞生

那数得清脚印的年华

在博格达峰

找到永生的一瞬。

1981 年 10 月 18 日晨

（收入《迎风》等）

白 杨 沟

瀑布，我快乐之神的鼓手
擂响雄浑的心声
从高耸入云的天山倾泻
震动覆盖峡谷的雪粉
在静寂中呼唤已经几千年
为素昧平生的人。

淡蓝色的水雾飞扬
冰冷里的热情
千百棵参差不平的云杉
都有白玉积雪镶边
刚劲中妩媚韵致
都掺杂在那眼睛。

急湍的溪流，发亮的台阶
雪水在树根下挂起冰条
一个个透明的琴键

乐曲迄今犹深藏未露

爱之星隐没

唯有头发闻到蒲公英。

密林里仿佛有细语低声

血管颤动着波浪的喧响

对生之挚爱

从遥远早就向我呼唤

半是严酷，半是柔情。

慷慨散放热量的太阳

用粗糙手指抚摩寒风

回答是鳞闪的眼波

鱼儿在太阳的金网中追逐

真心的星，谅解吧

帆已启程！

雪线上的骑马者

光亮中生动的浓荫

燃烧的白杨，凝结的蓝天

都在这诗中投下强光

许多夜晚不眠待晓

是为这个吗？

1981 年 10 月 18 日夜

（收入《迎风》等）

流放中的诗人

被监禁的岁月啊

痕迹留在塞外边城

风雪中呼吸如丝

心在碎石路上翻滚

林中孤独踽行

悲哀向空虚诉说

冰雪的天山

黄尘的戈壁

昏暗中去露天影场

艰难地提着折椅

街角停下喘息

倾听树丛多变的鸣声

关心每一只夜莺的命运

默默地扫马路

溅起一股股寂寞的风

默默地掏厕所

听得见汗滴的悲响

提笔只写病假条

眼疾已失医治

忧郁的诗早就绝迹

茫茫的芦苇地

冷澈的泉水

四野辽阔却容不下你

十六年中三次迁徙

从招待所到土房

从土房到地窝子

棉农腰束草绳

两颊陷落如猿人

唯有云南来的加急电报

祝贺大堰河三十周年

是放逐中唯一安慰⋯⋯

1981 年 10 月 21 日

（首发于《诗刊》1982 年 3 月号，后收入《醉石》等）

伊 犁 河

来自天山深处的绿波

以神圣的古老的吻

消尽了大漠的苍老昏黄

显出是江南水乡影子

部署了无穷的希望

夜莺和百灵鸟都为你歌唱。

戈壁的语言，是风和雪的誓辞

凶顽万年不变

唯有你敢与抗衡

在两岸制造了富裕

这周围千里的土地上

谁不将你称羡？

在听到你的音乐之前

我饱览了空旷

无边无际的沙原

一路都看见战乱的历史

唯有你，天马与苜蓿的故土

仿佛在天空的另一面

这广大地域最大水流

养育麦子和牧草的河谷

飘流馕和烤肉的浓香

奋翅高飞的天鹅

浪里翻跳的白条

仿佛是边陲神秘乐园。

爱情在这里找到最华丽的词藻

美，代代相传

戴鹰翎小帽的哈萨克女孩

黑坎肩缀排银圆

河风飘荡花裙

薄暗中红靴晶亮。

这时，清凉的黄昏

从五光十色的晚霞中走来

河水像地上的轻云

欢畅地穿过白杨树丛

给梦幻投落无数绿的光晕

照耀着耸立云表的雪山

林木中点点农舍

升起淡蓝炊烟

啼叫的水鸟在绿蒲中

傍着运木人过夜的白帐篷

木筏上载着绵羊

游泳者为落日染成涂金雕像。

但是，骑马的牧者

为什么捏着鞭梢叹气？

眼前只有摇动着的蒲苇

渔火和牧歌哪儿去了？

心头的欢乐唱不出

寂静里只听马群的鼻息！

祖国唯一向西流的河啊

你甚至进入晨昏的祷告中

远走他乡的游子思念你

梦里听到你的语声和笑声

这特别爽朗的音响

似乎就是你深情歌调

未全露的财富无穷无尽

一直到险恶的边境

你是这样贵重

占有千万人希望的种子

掠夺你蹂躏你的人

永远得不到宽恕!

1981 年 10 月 25 日

（首发于《诗刊》1982 年 3 月号，后收入《醉石》等）

界 河

雪水奔腾的霍尔果斯河
是两岸人民生命线
在地形开阔的巴斯空齐
两边都有水渠把水截断
神圣的权利互不退让
于是各建管理所
拥不少技术和行政人员

每月逢五有三次会面
轮流做东严重谈判
夏天用水一紧张
双方拍桌子、吹胡、瞪眼
待技术员提供了测水数据
怒目立即变欢颜
拿出最好的啤酒和矿泉水
又是几道正式大餐

仿佛是朋友相见。

二十年不见货物的贸易桥
吊式的建筑极为壮观
也是双方各建一半
桥板走过两色队伍
各由高级边防军官带头
踏着整齐步伐
如上战场。

两边同时建起豪华会场
西边还镶上国徽
台阶的山墙有如公园
东边一切是首都的规格
排设全是最高级；
荒芜中的华丽
叫眼睛不敢侧看！

1981 年 10 月 26 日

（首发于《诗刊》1982 年 3 月号，后收入《醉石》等）

卖牛奶的女孩

风雪中蹬着三轮车
围一条厚实头巾
走过朦胧的大街小巷
心里在梦想飞腾

掠过不回答的树枝
那些黑色的流浪鸦群
尚有落脚的荒田
你却无处安顿

黑暗于日夜纷争中引退
面临秘密的迟到黎明
你不应是孤独深雪
缄口无声

为叫人落泪的历史

为更多生存空间

为鲜红的枫树叶子

你继续入天穿云

1981 年 10 月 30 日

（首发于《诗刊》1982 年 3 月号，后收入《醉石》等）

爱 国 者

年刚四十
头上已经秃顶
脚踝有铁镣磨烂的深印
都是六年牢狱的留痕

只因为家在国外
被诬陷为敌人
全身捆绑上老虎凳
咬碎牙齿昏去
又用冰水泼醒
那是在天下大雪，
乌鲁木齐牢房洋灰地上
姗姗来迟的黎明

出身富裕家庭
家里讲俄语和英语

在牢里又自学维文

每天记五十生字

自编维语词典

用难友冒险供应的草纸

是世界上最艰难的书

妻子也是华侨

国家女排的台柱

因不肯"划清界限"

竟被吊销户口

卖尽家当来抚养周岁孩子

国家体委请她归队

为等待狱中丈夫

也委婉谢绝

出狱那一天

妻子在路上相迎

默默地对视

只低声两字："走吧。"

到家端出饭菜

默默地推到面前

一低头，头巾掉落

丰满的头发浓染霜雪

伸手抚慰说："白了。"

妻子伏案失声大哭

苦恨无法诉说

全家出国签证早已办好
限期只剩十九天
沉思默想三日
决定不走
和妻子争论整一星期
才答应："东西都给你留下。"
"不！全卖掉，或烧掉
免得我见物
心又飞向远岸。"
第二天，妻子独自在院里
让一切为灰烬

一回头，把住丰厚的长辫
用绣花剪一绞
整在学刺绣的第一件作品
蓝布上有铁锚铁链图案的
袋子里，说：
"记住，你是我第一个丈夫
也是我最后的丈夫。"

七岁的孩子随她走了
在全联邦的中学考第一名
被当作人才苗子

送入牛津大学预科
妻子随去
整日低头在琴键上
弹出两地的相思！

写信告诉妻子："祖国好了。"
妻子回答："我也知道
所有的好处并都尝过！"
上星期来信说："每天
和孩子玩半小时排球
事业重要我知道。"

只有一个电影的同行赞成他：
"留在祖国吧
直到国家的创伤治愈
人民的泪水不再流。"

　　　　　　1981 年 11 月 7 日，喀什

喀什的日蚀

五十年来未见的事变出现街头
鲜血迸流，怒火燃烧
生命在棒棍下颤抖挣扎
泪雨横飞
不明不白的仇恨迅速扩大

也许这里埋有历史的火药库
也许这里已经有太久的不安
莽撞的年轻人啊
你们的每一动作都要对祖国负责
怎可以轻举妄动？

也许有争权夺利者在操纵
也许为官僚卵翼下的无能杀伤
无数悲痛忧愤的心啊
睁大着如梦初醒的圆眼
面对自己弟兄的残暴！

喀什噶尔，是各民族的家园。
从张骞通西域
就是伊兰人、羌人、汉人
还有西来的大月氏人聚居的地方
任何统治者都不能久长

后来成为丝绸之路的要冲
民族成分一直反复融合
维吾尔的祖先回纥
在瀚海建立汗国
自称是唐朝的外甥
新疆进入了新的时代

回纥也曾为柯尔克孜打败
退到东方重新收集力量
以一支强悍的部落进入喀什
但不久契丹人来到南疆
它又成为西辽的中心城市

成吉思汗西征
这里又开始蒙古人的统治
直到元亡，部分改奉伊斯兰教
同化于维吾尔
这里仍是各民族共建的家乡

随后满族的骑兵来统一新疆

所流的血难道能归罪汉人？

国民党时代，来的也是回族的兵

一切压迫同样落在汉人身上

这里依然是各族人民受难的地方

我们同饮一河水，共顶一片天

同呼吸，共患难

消除民族的隔阂和歧视

实现大团结

永远是各族劳动人民的愿望

为什么，今天

新坟又躺着血染的尸体

混乱中的死亡

给多少人带来绝望

但人民从来就鄙视暴虐

让血诞生的是觉醒而不是复仇

让人民以完全的信任期待

不管这期待需时多久

坚定地继承前人的事业

淹没一切干扰的噪音

唱起永久团结的歌。

1981 年 11 月 8 日

传说香妃墓

于行树疏枝中
照见陌生的霞光
消瘦的田野上
飘动着沉思的风

留树影在雕彩的高门
泳尖顶于蓝色水晶
一切柔和灿亮
如同星宇的王宫

为什么还有寂寞之感
凄楚的宁静有如忧伤
仿佛这历史的残烬
犹有古意深藏

芳菲的花瓣已紧闭

请赐我以小舟或翅膀

划过时空的深渊

追寻你的音容

昔日叛乱的战火中

你的部落，你的家族

毅然远走葱岭昆仑

与塔吉克联盟

芬芳公主和英雄王子

曾经并肩作战

你运筹在帐幕

与兄王一起部署战斗

一次与清兵夹攻的战役

王子中箭身亡

你攻克喀什

也从爱情中解放

随家人到泱泱上国

漠然让一个帝王倾慕

维护国家统一

保持灵魂素净

在万里之外做一棵孤单的树

枝上并无自己的鸟群

至今也无安息的征候

各族都尊贵你的美名

空蒙蒙天上无片云

能分享我今日的感情！

浮着落叶的深潭

遥映辉煌倒影

斜挂的幽光

响动忧思的琴声

这神圣哀伤

连阴影都在倾听

让我瞻仰静默

思念长久寂寞的清芬

1981 年 11 月，喀什

（收入《醉石》等）

距　离

在现实和梦想之间
你是红叶焚烧的山峦
是黄昏中交集的悲欢；
你是树影，是晚风
是归来路上的黑暗。

在现实和梦想之间
你是信守约言的鸿雁
是路上不预期的遇见；
你是欢笑，是光亮
是烟花怒放的夜晚。

在现实和梦想之间
你是晶莹皎洁的雕像
是幸福照临的深沉睡眠；
你是芬芳，是花朵

是慷慨无私的大自然。

在现实和梦想之间
你是来去无踪的怨嗔
是阴雨天气的苦苦思念；
你是冷月，是远星
是神秘莫测的深渊。

1981 年

（首发于《诗刊》1982 年 3 月号，后收入《迎风》等）

你 的 眼 睛

我夜空中
最灿烂最妩媚的星，
鼓舞疯狂的信任
带着希望攀登，
一瞬不睬地
面对你清澈明亮的神圣。

一张巨大的网
喷吐出紫色的烟，
期待中的玫瑰
从天上向我燃点。

世界上
再没有人比我幸运，
青绿的小鸟
整天在细枝啾鸣，

因为深沉的火
弥漫在你的眼睛。

苦味的泪
共同脉搏的呼唤
我已投身深渊
当你微闭眼帘。

1981 年

（收入《迎风》等）

等 待

我的心像风筝断线在天涯

眼睛裹着忧思，当你不来

我数着阴雨和晴天

遇风起风落就猜

阳光、燕子、行人

都是我所期待，当你不来

我做梦：红叶、烟火、茶花

于幽暗的室内，都在

对你的缅怀呵

当你不来

1981 年

（收入《迎风》等）

遇　雨

迎面的水滴变成飞流

变成瀑布

四围白茫茫

道路有如浪峰

车变成船

浑身是水

不能停留，不能躲避

嘴里尝到咸味

呼吸压抑

眼帘睁不开，看不分明

是多情雨还是无情雨？

1981 年

（收入《迎风》等）

除 夕

脱了条纹的手套，
解下雪白围巾，
在柔和灯光下，
高傲非凡的你昂起细颈，
微笑着走向乐声，
按节拍缓缓启程，
举起纤手好像
天鹅在远空飞行；

带着你异常轻盈的身躯，
我以为是一朵缥缈的云。

1981 年

（收入《迎风》等）

少　年

海云和船帆飞翔的地方，

你心中的早晨在那里上升，

那水平线上挥动的彩旗，

以最初的霞光印染你的眼睛；

对美的伤感使你落泪，

只恨欢欣不是铁打成……

1981 年

（收入《迎风》等）

当你歌唱

晶亮的天空，一阵红霞升起，
几滴雨落在水面
溅出星一样的光辉，
童稚的清脆
出没在唇齿。

春天活在你体内，
使青青的草地飞过笑声，
泥土的芬芳飘过树枝，
在天上写出一行行的文字，
那些文字就是你。

那些文字濡湿青春愁绪，
裹着希望灿烂的红衣，
有梦的温情脉脉，
直到乐韵消失，
那凝视仍恒久不灭。

1981 年

（收入《迎风》等）

舞　会

轻盈地站起来

慢舞之歌正开始

从灯光反映中走出

闪金的头巾飘垂。

庄重顾盼

旋转脚跟

燕子展翅般的双臂

以及静默的目光的叹息

都听见生活

1981 年

（收入《迎风》）

节 日 夜

牵手走过

人群散去后的广场

夜在你额上

星光落你眸子里

钟情的喜悦

溢满西域的腾腾热焰

最初的倾心

撒落新的露水

在痴情上面

1981 年

（收入《迎风》）

火辣的眼睛

戈壁滩上一朵孤单的向日葵
以金色的圆眼向我凝视

是谁在路边抛落葵花籽
长出这被遗忘的生命

一个季节又一个季节的苦恋
地平线只扬起无水的波浪

应该有一颗绿色的太阳
来抚慰这火辣的眼睛

1981 年

（收入《醉石》）

树　和　鹰

斜坡上三棵墨绿的榆树

远方是一片片银色的云

单调的环境产生丰富想象

每片叶子都播送歌声

为广袤的漠野印染希望

为干涸的山陵抚平伤痕

所以能涨满长风无视荒凉

在戈壁上空孤飞着鹰隼

1981 年

（收入《醉石》）

洞　箫

穿过竹林的疏声

拂动渺茫的树顶

渐渐变成飒飒的凉风

和远浪呜咽的低音

随着萧萧的暮雨凄零

充满乡愁

也充满酸辛

终于雨过风清

升起平静的云

飞来排成人字的鸿雁

千帆之上一轮明月

晚空深沉素净

说不尽久违的思念

并无半点怨恨

1981 年

（首发于《文汇》月刊 1989 年 2 月号，后收入《蔡其矫诗选》等）

琵　琶

灯光下，葱白的长指

拨弄出一层又一层清波

荡漾在红花绿叶丛中

这春天的娇声，为什么

又升起迟暮的细雨

不由自己地低下了头

叫弦如凝泪，指亦呜咽？

不应让无端的弦索

掩抑太多悲苦

抬起忿愤的望眼吧

也奏刀枪铁骑

冲破十面埋伏

暴风骤雨

杀出一条血路！

1981 年

（收入《蔡其矫诗选》等）

玛　依　拉

为欢迎远方客人来访

歌唱家的小女儿

坐在钢琴前自弹自唱——

金色的草原在她指间展开

野花纷纷从琴键飞扬

成群的蜜蜂

旋舞在她发结上

钻天的云雀，欢叫在

少女清脆的歌声中。

1981 年

（首发于《诗刊》1982 年 2 月号，后收入《蔡其矫诗选》等）

霍尔果斯河

桥下的流水已经涸干

河床留下乱石峥嵘

西边的铁丝网前

立着船形帽的门警

东边的岗亭下

走动绿色的哨兵

在他身后

更有钢铁国门

可是河边的柳树记得

二十年前歌声呼应

舞会互相邀请

放映电影有车接送

节日球场上

两种语言在追逐竞争

到现在南北成戈壁

一片荒凉寂静

只有蓝色邮车

每天传递一次信件

在海关办公室里

片刻相对无言

一条窄路

疏通两边人民的心

1981 年

（收入《蔡其矫诗选》等）

红　卡　子

封山灭径的隆冬大雪

黎明中哨兵去上岗

在齐腰深雪粉里

探寻脚窝子

一失足滚下陡坡

为深谷积雪淹没

雪片纷飞

顷刻不见痕迹

飞沙走石的春末风暴

把铁皮屋顶整个掀起

这天山北路的河谷山嘴

古代西来商旅的标识

如今路断人绝

只有含辛茹苦的边防兵

在无水荒山中

年年斗风斗雪。

1981 年

（收入《蔡其矫诗选》等）

河源之争

纷纷惊起走兽飞禽

冰雪中潜伏哨一声枪响

狩猎的女牧民倒下了

暗血悄悄把草濡湿

尸体被直升机吊去

到边防站大吵大嚷

这里有明媚风光

可是高山四围作墙

厚冰深雪阻断步履

一年中只有夏季

才能派一连兵进驻

而对面开春就带暗哨飞去

霍尔果斯的发源地

有取之不尽的财富

现代化不在掌握之中
哪能长年看住！

1981 年

（收入《蔡其矫诗选》等）

过　轮　台

岑参彩笔下的大自然

我到处寻觅都不见

一川碎石埋地下

八月并无大雪天

平沙有绿洲

白草种村前

戍楼烽台全湮没

肥马不用征战

横亘瀚海一条柏油路

贯穿于城镇之间

只有狂风依旧冥顽

不肯在林带睡眠

1981 年

（收入《蔡其矫诗选》等）

古尔班节的鼓声

天山来的轻风

吹响钻天杨的枝梢

拨动连眉俊美的巴郎

踩着节奏颠簸如浪的舞步

使得围观的少女们

飞快嗑着葵花籽

忘记收敛星一样的目光

归牧的马蹄

敲击坚硬的小路

摇震山头明月

飘然升空

毡房也随之活泼起来

响着锅盆碗勺

闪射家人欢聚的笑容

行进中的军队

步伐整齐地踩着戈壁的砾石

渺茫的远山

吹起悲凉的角笛

到现在还听见长矛相拨

那往昔艰苦的征战

虽然已经成了遥远的记忆

乌孙山下的绿洲啊

各族人民年年都在呼吁

祈求早日结束贫穷

祈求爱情更多光芒

就在这初冬的击鼓中

起落抑扬

一心扑在协调上

1981 年

（收入《蔡其矫诗歌回廊·伊水的美神》）

达　坂　城

只不过几十户人家
公路边一排摊座
城在何方？

咆哮冰风中
奇形怪状的老榆树下
闪动神秘的红宝石头巾

歌曲里早就听传颂
这里的长辫子、黑眼睛
明媚如十五的月亮

东来西去的过路车
那些真正的流浪人
草甸上遇见的都是神

逝去了寂寞岁月

再难追寻被忘却的花朵

悠扬歌声已渺不可闻

1981 年

（收入《蔡其矫诗歌回廊·伊水的美神》）

葡　萄　沟

东西沙山高耸

南北泉水和溪流深藏

高居在洪水之上

低伏狂风横扫之下

是异常的美在荒漠中

重叠的青枝绿叶

覆盖峡谷斜坡

应是自然特殊保护下

远方幸存遗物

隐藏在火焰山的胸腹

深深望进一双双美目

胸中飞起一串串的流星

热爱不在天空

而在柔蔓下葡萄奶仁

一个个剽悍的灵魂

1981 年

（收入《蔡其矫诗歌回廊·伊水的美神》）

敦煌莫高窟

绝静的茫茫砂海

有一短线绿树

曾是戈壁中的绿洲

随着玉门关那阵春风

悄悄埋下瑰宝

这天人合一的洞府

在丝绸古道上沉睡千年

剥蚀的洞穴一度隐没

现在复苏的源头

向我兴会淋漓地展露

希腊雕像

渡海成印度佛的形体

又横贯沙漠

与西域中原智慧溶合

产生东方壁画彩塑

象征性的城

蒙古包的帐顶

人首蛇身的女娲胸怀日月

伏羲手持木规墨斗

西王母与东皇分乘龙凤

扬幡持节的方士前引

脚踏覆钵莲花

观音温柔妩媚的神态

以唐代女子的光艳照我

一切又都是人间的折射

修眉大眼的男子

穿的是王者的服装

番兵番将战马成阵

民族英雄的出行

人世的威风胜过天国信仰

无遮大会是

尽日笙歌的帝王生活

幻想中的净土

举目都是琼楼玉宇

宝相花的毫光

普照神和人的居所

中国绘画的线条

表现动势变化的衣裙

手持莲花的女子仰天冥思

凛凛若神明

洞察一切的睿智浅笑

是对现世的超脱

悠然自得的伎乐天

飘动在雨花流云之间

那欢乐的想望

是思想的雨和雪

给荒芜以永久春天的洪流

半裸的雕像

对人体的颂扬

注入被压抑的心

以时空的永恒

弥补万物的距离和空虚

虽然种子尚在梦乡

因为现实太丑恶

所以神才美丽

热烈气氛有如狂迷

是音乐和声般的强烈音响

衬托庄严的主题

心的宇宙

醒神的风正在起落

让真实

从神话经典中解放

自一个无始无终的梦

1981 年

（收入《蔡其矫诗歌回廊·伊水的美神》）

海峡的风

草绿色的风

是最忙碌的风

它在相思树的枝叶间呼唤。

那自豪人一片痴情

无须再借助可笑的风筝

断线之后坠在波澜；

那空中电波

也没有必要声色俱厉

让人在惊恐中暗里相怜；

在风平浪静上面

升起金色泪光的弧影

彩虹的桥跨两岸。

天蓝色的风

也从波涛上回应

那声音仿佛从响螺中诞生

呜呜吹奏思乡的乐曲

日复一日地靠近

并非目空一切

模糊中一片泪痕

初生的坦然流露脸上

渔人不再知道海的寒冷。

强大的力量不是军舰

不是监禁和脚拳

再多兵种也是徒然；

强大的力量是道义

是精神上的充实

普通人民的友爱不须阻拦；

深情望进对方的眼睛

交流生命暗中节拍

让荫蔽天空的重云解散

宽怀接纳远水的思念。

让临终思乡之诗

不再无处投寄；

让绝命书里对家园的祝福

在泪滴之外有欢笑；

让信鸽自由飞翔

有一天重回温暖的手掌；

让清明墟上

秘密交谈海外亲友的存亡

不再含有惊惶；

让真正的自由

把久积的哀伤抹掉

思念的种子

有个落土的地方；

彻底粉碎折磨人的坏天气

让热情的风

吹抚海峡每一波浪。

1981 年

（首发于《海峡》1981 年第 1 期，后收入《蔡其矫诗歌回廊·醉海》）

橙　子　林

去年垂挂的金黄果实

青枝上无数小太阳

今年细花又次第开放

空气中闻到麝香

叫人郁闷的南风

因橙子的色彩发光

这么多金子的乳房

用花的雾带束上

散乱的绿叶未能遮蔽

这南国裸露的健康

雨后的松软田垄

怎不令人心魂颤动

1981 年

（收入《蔡其矫诗歌回廊·翠鸟》）

漳　平

是九龙江的源头

众多的溪流

养育茂盛草木

是山峰都盖满绿树

绿树都滋润湿透

是异乎寻常的温柔

雨后膨胀的河

垂下一串串山毛榉的花絮

是油脂般的云

照耀开花的山谷

是半透明的山

在骤来的细雨中

到处升起分成条状的雾

萦绕着山，萦绕着树

萦绕着飞泉和瀑布

是远古流来的力量
浅埋在山陵和深沟的铁
闻到未来的芬芳
轨道已在这里交错
是贫困总有一天要退却

1981 年

（收入《蔡其矫诗歌回廊·翠鸟》）

三 沙 渔 港

久雨初晴的春日中午
我看见你的海湾
蓝水上响着发动机的小艇
穿过一艘又一艘帆船
微风传来海的腥味
远方一片白茫茫

只有一条街
沿着第六个澳的弧形线
下面湾里停泊地
退潮以后的海涂上
船都向一边倚斜
礁石呈现出清晰的轮廓
衬着上下蔚蓝的天水

船队出海未回
那些眷属
挽着洗好的一篮衣裳

飘散清爽和芬芳

步向小巷和阶上石屋

丰盛的头发衬在逆光中

照出美奂的光轮

泊地后面都有深澳

那就是渔村

每一家居都用石砌成

进门都有色彩华丽的厅堂

每时每刻都有人在织网

勤劳是这里最高美德

可是我看到贫困

看到触礁后被拖回的半截船身

几十人围着它痛哭

那情景叫人伤心

五十年代后期的狂捞滥捕

使渔业面临暗淡景象

庞大的罐头厂

如今生产外销的蘑菇

澳里船桅的倒影里

走着运载柴草的小船

在山和海的雄伟中

有逝去了的梦

撼动山岳的风

劲吹在街上

连雾都能把身上打痛

料峭春寒的码头

站着老舵的宽肩膀

紫红脸膛

好像刚从酒店出来

泰然自若的目光

浑身都是力量

在他背后是海口的灯塔

这时正激起高高白浪

记忆沉入历史的深根

三沙港，说你的骄傲吧！

在事物曲折的进程中

谁能知道你不会有高飞的希望

谁能知道

明天这里不会成为山和海的都市

风光明艳的旅游地

许多小岛更是理想的别墅区

谁能知道，人民不会

建造你为光明的避暑处

别开生面的渔港

让满海的船灯开成一朵红莲

在夜的中心舒展巨大的花瓣？

1981 年

（收入《蔡其矫诗歌回廊·翠鸟》）

343

初见戈壁

茫茫的黄沙

衬着一线远方淡黑的山脉

那雪线以上朦朦闪烁的白光

顶着片云不生的亮蓝天空

多么鲜明的色彩对比

给人以宁静、旷达和庄严之感

列车在奔驰

渐渐出现了水草

于是神奇地照着团团黄花

还夹杂着嫩红和浅赭

黛色枝丛虽不相连

却也染绿了心的点点凄伤

啊，戈壁，即使是戈壁

也有众多的色彩情感

绝非千篇一律

说什么沙漠是旱魔的天堂
有对生命热恋的目光
即使山野萧条直达边陲
绿色的梦也从不断绝
心对严峻的大自然反抗
一步都不退让

1981 年

（收入《蔡其矫诗歌回廊·翠鸟》）

瀚　　海

戈壁，就是海。

有白色的砾石的海
在阳光下如火炫目
叫人不敢逼视；

有碱蒿的绿色的海
远望如清凉草原
星散着牧马和牛羊；

也有滚滚黄沙的海
不动的浪波航过骆驼
有时像船，有时像帆；

而连绵不断的褐色山脉
永远为这些海镶边。

1981 年

（收入《蔡其矫诗歌回廊·翠鸟》）

风 口

起先不见踪迹的风

好像是不断震动的铁片

发出千军万马的呼号

随后满天昏黄

雪山升起滚动的白云

有如连续爆炸引起的烟尘

烟尘展开长卷的图画

描摹出古代的战争

擎起千百面战旗

舞动云集的红缨

征蹄下战死者的白骨

在风雪中翻滚

1981 年

（收入《蔡其矫诗歌回廊·翠鸟》）

托克逊的风

远远就看到它的影子

飞沙从地上扬起

树都向东南歪斜

山都消失了

地平线近在眼前

沙的流水横过公路

沙的云雾淡化平芜

更上的飞沙高扬

有如马群狂奔

骆驼飞腾

兀鹰展翅

直到昏天黑地时

车都不敢行走

碎石抛打挡风玻璃

裂成星的花纹……

1981 年

（收入《蔡其矫诗歌回廊·翠鸟》）

干　沟

冈峦之海

却无树无水

重岭叠嶂下面

百十里弯曲道路

清楚地留着河流的历史痕迹

夏季炎热如炉中

谁敢轻易进入

车队都在晚上通过

1981 年

（收入《蔡其矫诗歌回廊·翠鸟》）

关 山 星 月

蓝色的夜空

一轮半月如磨薄的皂片

低垂在天山上

发着不透明的黄光

周围的星辰却异常辉耀

有如莲蓬壶洒下晶亮水滴

为烧焦了的古城废墟

淋熄痛苦

沉思光荣的过去

1981 年

（收入《蔡其矫诗歌回廊·翠鸟》）

渴

远方有白光
有水影，可永远不能走到
秋阳似火炉
连云都不能持久；

大漠上黑色的巨鹰
追逐骆驼溅起的风尘
满眼都是失望；

偶逢毛驴拉一车西瓜
好像遇见救命恩人！

1981 年

（收入《蔡其矫诗歌回廊·翠鸟》）

赛 里 木 湖

宝石蓝的水

你叫人一看便心神动荡

早晨湖面飘着一条暗雾

雾上是炫目的雪峰

在晨曦中闪闪发光

雾下出现一线黄金草滩

一缕未融化的雪带

夹着一片低小的云杉

这里已经在雪线以上

太阳格外辉煌

天空透明

云都在山和水的下方。

灿烂在天山之顶

你是情人的秀目吗？

你的高度可以环视世界

抚爱全国

你的深度无人测知

所以能够蕴蓄这奇异的蓝

一扫沙漠之心的苍黄

溶解西陲眼里的冰霜

纵然至今未有船只和游鱼

却有天鹅大雁时常眷顾

带来一股股活泼生命的风

引起情海最深处的波浪

银盘湖面碎金点点

一定是你对未来的祝愿。

1981 年

（首发于《诗刊》1982 年 3 月号，后收入《蔡其矫诗歌
回廊·翠鸟》）

果　子　沟

山顶照耀冰雪

把天衬得更蓝；

绝壁贴着小云杉

成群成片的带霜尖塔；

陡坡和峡谷聚散着

灿如黄金的野杏树；

湍急溪水的层层台阶

泻着寒光雪水

沟底老树，横枝四射

在阳光中焕发青春。

啊，西陲最美的地方

有层层的生命，层层的感情。

1981 年

（首发于《诗刊》1982 年 3 月号，后收入《蔡其矫诗歌
回廊·翠鸟》）

伊犁河谷

天山北路的坦途

有多少历史的烟云飞过！

绿树成荫的清水河旁

幼年的李白曾在驿站留宿

从前是官道的沥青路上

传令的军马扬起冲天黄尘

也曾有猎枪和马刀筑起城堡

反抗一纸条约写下的屈辱

弯曲自如的飘带

不是赶赴约期的水波

牵动过多少梦魂之丝呀！

林则徐未酬的抱负

落在这万里之外的边疆

开辟出连绵数城的长渠

流过巍峨的金顶寺

流过鹭鸶纷飞如雪的沼泽

灌溉了漠漠的草野

至今犹令人思飞神驰。

我来正在秋季的冬时

瓜田和麦海都已收罢

白杨筛下如银光线

飘落金黄的叶子

到处的灰尘覆盖睡眠

翠绿的雪水

早晨冷雾从那上面升起

散发草和牲畜的香味

在炊烟的乳白和淡蓝交织中

我不禁要抚摸荆棘中的花

用诗的手指。

1981 年

（收入《蔡其矫诗歌回廊·翠鸟》）

塔里木农垦大学

茫茫黄沙中的艳红衣服
在暖日下屋角的讨论会上
静静林带里的矫纵身姿
足球场上奔跑着健儿
站在大沙漠前面的学府
一片新创的绿色沃土
背负飞沙和荒芜的苦恼
向往未来再生的家园
以时代和自然锻造自身
踏出雄壮的进军足音

1981 年

（收入《蔡其矫诗歌回廊·翠鸟》）

附：

农 垦 大 学

眼看沙漠在进展

你是这土地的希望

淡黄，艳红

毕业，征服自然的雄心壮志

是唯一边远的学府

在一片创造新绿的沃土上

暖日的屋角讨论会

足球场上的争战

天国的极乐，地狱的大苦恼

时代的足音，进军的步伐

要以时代和自然来表现自身做一朵云

（1981 年）

野　渡

一群雪片飞翔的水鸟

掠过一望无边芦苇滩

安静宽阔的塔里木河

出现在平坦泥泞的两岸

待渡的拖拉机和运货车

排成长队东歪西倒

而一寸一寸缓缓移动的

是那靠缆绳牵动的渡船

没有码头，车轮陷在泥中

没有船栏，车斗翻倒落水

中国啊，你不就是这样艰难

这样令人惆怅心酸

1981 年

（收入《蔡其矫诗歌回廊·翠鸟》）

百　花　村

每一户都经营鲜花
无数花圃在斜坡屋角延伸
绿荫中流动串串音节
洗掉那爱花而浪迹天涯的
过客心上久积的灰尘。

水香兰的浪潮掩盖道路
大丽花的太阳照射在篱顶
梅瓣细雨落罢
又刮起桃花李花的冰凌
在翠玉上闪烁星的灵魂。

连风本身都带花光
它正陶醉在田畦小径
囊括全部生动白昼
让枝叶笑得多么潇洒
仿佛这一刻才找到光明。

1981 年

（收入《蔡其矫诗歌回廊·翠鸟》）

灵源山北望

最高的岩上
吹动岁暮劲风
万籁沉寂
景物却极明亮
用钟爱目光看家乡
冬天和春天一样

近山远山围着一方方田园
横路斜路联结一片片村庄
感叹这大地
少青绿，多灰黄
古老的城市在远方
晋水好像不流动

1981 年

（首发于《新光》1981 年第 1 期，后收入《蔡其矫诗歌
回廊·南曲》等）

汽　笛

船的哀叹

用海的低沉嗓子

时而尖锐

时而沙哑

当红棉盛开

春天叫人思念！

为什么？

是失意的人哪！

向谁呼唤？

那重逢的知心者。

是会面的喜悦？

她转瞬颜色变！

是告别的悽怆？

我两眼已黯然

哽咽难言

悲苦向谁诉

长号向云天！

1981 年

玛　依　努

穿红衣的音乐系女生

微笑时牙齿晶亮如月照山溪

眼瞳里黄金夹杂着玛瑙

一定藏有远古珍宝的河水

战栗的手触到荷电的肩胸

一缕清香升自你的呼吸

1981 年

胡 杨 林

像水墨画的枯干残叶

稀疏绵延以至几万里

谁相信这里就是沙漠的外围

为浩瀚点缀绿意

用青葱抚慰戈壁

向长天吐出淡的绿烟

不曾有云洒下雨滴

抽打狂风的长鞭

戈壁风的长车在飞驰

树叶是透明的黄金

（1981 年）

绿　洲

青灰色的碎石戈壁和棕黄色沙滩

远方出现了绿洲，象征着生命与欢乐

绿宝石缀在黄缎子上

有水的地方才有人来往

要种庄稼先栽树

亚洲的腹地

沙漠周围的地方很少下雨

全年雨雪一次降下也湿不了地皮

干旱之年不是望云霓

而是盼望火红的太阳

加速融化昆仑天山的冰和雪

那是固体水库

顺川沿沟奔腾而下三百二十条河流

从四面八方把滔滔流水送往戈壁沙滩

绿洲靠人的劳动维持活力

它是大自然创造力和人类艰苦劳动的结合物

绿洲是分散绿花织在黄绒毯上

又像岛屿，过去靠商队的路联结起来

所以丝绸之路又叫绿洲路

如今农田像棋盘一样整齐

笔直的渠道，笔直的林带

一路上都有绿荫

昔日驻兵屯田的地方又开垦出来了

古城堡建起新城镇

四周由黄变绿

绿洲逐渐扩

小片连成大片

上空是密如蛛网的高压线

电力排灌的农田在增加

看从天下送到的雪水

望辽阔田野上的高压线

这就是丝绸之路的新貌

戈壁惊开新世界

（1981 年）

龙　门

暗恋着更为完美的形体

仿佛是前世错过的艺术

今世寻觅未见

梦中追求无数次

女皇的形象再生

华山的传奇重演

梦里低回的天上乐音

辗转思念的恋人

唤醒沉吟

在人世之外

有古代的寒意

在林莽和沙漠之间

雪白的肌肤

在空茫的距离以外

隔着远星数点

不可企及的爱

波动在幽深的大气层

寂寞而且惆怅

最诚挚的脉脉目光

在眼睫的阴影下

一颗被时空远隔的心

在虚无中临近

陷入无希望的恋爱

跌落到无人看见的深渊

莫非这就是男子

未能聆听乐园的福音的绝望之层

可怜的幻想

却被一双眼睛摄取

她怜悯我的忠诚仰望

在天籁的恋曲中

窥见了窹寐以求的玉色宝相

意念在古代的天空飞驰

为想象的风所激扬

披着一袭藕色的轻纱

无数形体的展览

在烟霞摇荡中飘动

为我所不了解的

极为复杂人类的幻梦

为时间所冲洗

而日益纯净的爱

催人入迷而又容易散失

瞬间的爱慕之情

无意于人神交往

终于找到一条浅河

一座废殿颓宫

给我永不满足的

人间的爱情吧

在衣着与裸体的边缘

死于一场古代的热情

复活于现实的火山上

开垦生活的沃土

磨锐发掘的眼光

突破已有界限

进入新的领域

不是误入后宫

不是迷于仙径

在海枯石烂之后

获得无限丰富的新朝代

一个远比古代

美丽辉煌的山川

无尽延绵的地平线

雨中开花的树

山头发亮的雨

在古代的大地

找到年轻的一代

所寻找的被拒绝的生活

在离开之前
创造新的循环

（1981 年）

秦 晋 高 原

勇敢的先人

秘密的泉源

自我辨认的深根

千年雨水冲刷出无数深沟

尖锐的风又来侵蚀剩余的岩石

只有深邃的天空万古不变

以蔚蓝来抚爱焦黄与炽红

与忧伤断缘

画片一样美好的眼前场景

这是诞生过发达的文化

活过千岁,然后沉默

忘却故土的旅人

他的生命里还有爱吗?

荞麦遍地,青蒿满冈

长墼,窑洞,茅檐,土墙

一线线高田低田

雾淹对面的山

乡关在远方，以急逼速度迎奔而来

情切的归心在奔腾

我羡慕那远行的人

（1981 年）

大漠初雪

低云淡雾中

飞着霏霏鹅毛

横扫空蒙

道路泥泞

落叶纷纷

杨树翻动发白光的叶背

晶亮的雪峰，掠过黑金的大鸦

生的赞歌，死的颂辞

为未来的春天准备新生

天地全白

眼睛不敢逗留

只有前面两行车轮辗出污黑的路

才允许目光注视

人和车都在天光雪色包围中

（1981 年）

大戈壁的色彩

黄花、嫩红、柳绿、赤者、暗绿

一丛丛，远望有时多过黄砂

黑色的砂丘好像云影

不仅是砂砾和枯草的土地

瀚海纵横千里砂不黑

慷慨散放热量的太阳

用粗糙的手抚摩我的寒风

广袤神秘的漠野

迷茫的远山

白杨播送绿色琴声

抚慰枯干的心

清脆洪亮的驼铃，像泉水的淙淙由远而近

（1981 年）

节日的晚会

快乐在乐声中飞扬

柔情在舞步中旋转

歌从天外降落

秀美的眉下

火耀的眼睛

无所羁绊的激情

给世俗立下墓志铭

风中含苞的花

抚平伤痕的阴影印花小路

轻盈地站起来

慢舞之歌正开始

闪金的头巾飘垂

从灯光的反映中走出

庄重的顾盼

旋转的脚跟

鞋子展翅般的双臂

在静默的月光中

听见生活的叹息

太阳在你眼瞳里

（1981 年）

节日的晚上

人群散去后的广场

牵手走过残迹

星光落你眼眸

夜在你额上

钟情的喜悦

溢满西域的热焰腾腾

第一次的倾心

撒落新的露水

在痴情上面。

早晨的雪山顶上是粉红

天空是绿的

山的下部是蓝的

有山，就有雪水

就有牧场、牛羊

有生命，有村庄，有绿树

留不住的雨水

从山下冲下砂石

在戈壁边上形成许多斜坡

维吾尔族姑娘圆大的耳坠

照人的明眸

编贝般的皓齿

配上鲜红的头巾

围绕着连眉之美

（1981 年）

沙原落日

天边一块黑云下面

血红的半圆嵌在地平线

射出孔雀开屏般的毫光

把西天染成翡翠绿、海蓝、碧青

北面飞来大片黄云

有如翻滚的袈裟和道袍

南面飘动四缕直立的云

四朵黑牡丹

如四个小妖精

向雪山逃奔

飞过漠漠黄沙

（1981 年）

湟　水

高原上的河流

从陡滩奔降

一望如倾泻的白雪

挂落似的穿过

吊桥和石墙

唐朝远嫁的公主

从这里入藏

至今两岸的杨树

尚留她温情的目光

在金黄叶片灿烂

（1981 年）

无题·戈壁滩

戈壁滩上一朵孤单的向日葵
以金色的圆眼向我凝视

是谁在这路边抛落花籽
长出永被遗忘的生命

一个季节又一个季节的苦恋
地平线只扬起无水的波浪

应该有一颗绿色的太阳
来抚慰这火辣辣的眼睛

（1981 年）

库车之夜

杏园静悄悄

街道土屋暗影笼罩

只有零星的夜市灯火

在静静照耀

平板马车铺着地毯

载一家老小飞跑

高栏的牛车走上归途

卸了货物在轻轻地摇。

听完宽巷内的流水

有片刻的空虚和寂寥

在这沉静中

仿佛龟兹古乐复活了。

(1981 年)

都　塔　儿

赛甫鲁坐在朋友家中
拿起乐器思念亲人
轻轻弹拨缓慢地歌唱
像鸽子鼓翼在爱人身旁
歌声中有情火在飞升；
我听见牧马在冰风中悲鸣
扬尘的路上得得的驴蹄声
戈壁的哀怨，边塞的苦思
流浪者在孤独旅途上歌吟。
两根弦说出了多少故事
真切明白的只有维吾尔人。

（1981 年）

连眉之美

在宽宏晶亮的天宇下

没有孤立横卧的峰峦

没有分离单飞的翅膀

浓黑秀美

有如连绵不断的天山

覆盖在秋日明媚的双湖上

（1981 年）

心灵上第一支歌是欢欣

你们年少如早晨

第一朵花是友爱

百合花照耀理想的霞光

青春是金色的麦芒闪射火光

大地因为有你们才生动

笑语是四向流溢的风

玫瑰盛开时的胸怀

飞起双双的蝴蝶

深情望进对方的眼睛

那里有梦中的青绿的枝叶

和淙淙流响的清泉

向大地诉说丰盈的生命

那些爱花而浪迹天涯的人

那些闪亮的脖子上潺潺流动的发丝

盛开的是少女梦中的百合

翠绿的宝石上闪烁星星燃烧的灵魂

包容白昼的全部光明

千峦涌万树

万树悬挂成亿明珠

可以埋葬旧梦

庆贺新欢到手

听远水欢呼的声音

在苦难中诞生

开放心灵

吹奏初醒的生活的风

在一片热情的荫护下

光明的太阳在上面转动

用热唇把青春点燃

为欢喜而自豪

让自由把一切爱伤抹掉

认出生命的标志

家乡的美闯入人心

踏向奔腾的海洋

赤裸的岩石如墨玉做的层层叠上去的屏风

许身给光明

天空永远深邃

感情永远光新

只因为有你们

伸展在太阳下的平原青青

把我的手放在你们手中

一切丑陋都看不见

我看见你们向生活走去

和风和云跑在一起

上下都绕遍红玫瑰

第一次听到的鸟鸣是欢乐的云花

歌吟在天顶

在生活的书的第一页

虽然已往的日子已迷惘

而来日还不知怎样

话语和歌曲

半由风形成，半由路带走

憧憬在心的深处出现

泛滥着美好的脸上

下了星的种子

洞里的圆月

岩顶的凉风

给苦难中生长的你们

（1981 年）

渔船上的诗人

对大海母亲倾诉深情

从小爱诗，爱海，爱海岛，爱家乡

与风搏斗，网拉春色

歌者的心

向一水之隔的迷岛高歌

盼望海峡两岸的骨肉团圆

溶溶月光下对海凝思

用泪的声音唱明月

寄与秋风呼唤

海的嗓子

从少年到老年

什么时候高昂

什么时候低沉

心的波浪

倾诉深情

吹送有咸味的风

（1981 年）

过客凝望东山旧城关

垃圾炉碴就倒在门外堤岸

不规则的土路

一下雨就泥泞难行

满山的相思树不见了

倔强壮美的刺桐所剩无几

房屋在二十年间增加了两倍

七个池子也一一填平

最好的景致文公祠毁灭了

连一块阶石都不剩

沙滩上有剪剩的铁片和开山的碎石

连海岸的仙人掌都又黄又小

冬天绿头蝇非常活跃

少得可怜的几株枯黄少叶的树

吊在树上的死猫

残余的古堡城下

给死人的碗盆纸钱杂着死畜内脏

坟墓也同房屋一样占满山坡

真的景物已非旧观

曾是公园的地方建满房屋

曾是沙滩的码头垒起了石堤

新的码头宽敞干净

未来的海港已初具规模

海鸥少见

花草枯萎　只有关帝庙的文殊是肥壮

劳动创造另一个景色

文化以别种方式活着

少年很可能都忘掉昨天

一切还不算太坏

心啊无须伤感

脚步沿着公路到新的地方

新的高楼一栋又一栋

秃山秃岭

最令人感到人事的消逝

古老文化似乎全部熄灭

雨下弥大的忘却和淡淡的寂寞

也不说一声再见

陌生，一切都成传说

（1981 年）

海沃三题

雾围沃角

海上的岛屿忽然不见
定置网的浅水依稀难辨
装备好的竹排出不了海
渔人围坐在沙上等待

滩上高头垃圾遍地
等候大潮前来收去
孩子们去崖角沙尾
去拾海螺的圆盖

苏尖山

飞机撒下的种子

已成了满山青松

樵夫的路两旁

都有野花兰草

灌木的红叶

闪闪发光的长硅石

回头看山下乱石

如鳞甲

如研碎美的城砦

波浪鳞光熠熠

风帆黑白相间

礁石围着白波

尖顶一片斜石

旁边的松树爬地

可想见风的强劲

下望鸡心屿像盆景中小礁

海流分成几片

有弧形的水道

云影在海上成一片蓝，一片绿

云成一线像系连绵雪峰

黑色的鹰在临海盘旋

焦黄斑点的蝴蝶直上尖顶

（1981 年）

题在纪念册上

文化如何形成？

艺术怎样发生？

如果社会单一

如果都是僧人

挣脱狂野和蔑视吧

请尊重女性！

哪是遗毒之根？

何处辨认文明？

对人格的践踏

不能掉以轻心

让胸怀更多光明吧

请尊重女性！

（1981 年）

雨 燕

有时像风中落叶

有时像箭发弦上

白色雨滴茫茫

迎面的水滴变成飞流，变成瀑布

天空墨黑带着昏黄，车变成船

不能躲避，不能停留

飞吧，跑吧

嘴里尝到咸味

呼吸感到压抑

眼帘睁不开，再也分不清

是多情雨还是无情雨

（1981 年）

厦门—福州公路

绿色的走廊

在大地上铺展

雾的山

玻璃的水田

飞翔的屋脊

桉树的浓荫

深绿的木麻黄

银子一样发光的云缕

（1981 年）

机　器　人

一上车就把小小窗户占据

虽然有环形的硬板凳

敞开的门还是最好的位置

空气在这里最宝贵

对吗？

不对

在困难里

互不相识的旅人

很快就结成一体

看到谁最难受

就把窗户让给谁

靠在热壁上

老妇和少女

合吃一根冰棒

再没有别的地方比这里的人更亲密

在闷热里

仿佛有一种波动

在促进灵魂的接触

我们都有自己的交谈者

欢愉地

并且热情地注视着

心里话

我们自己将死去

房屋将夷为平地机器将成一堆废品

各种制度将崩溃

伟大的名字将像树叶似的纷纷凋零

只有你，爱情

将在一片瓦砾之中绽放鲜花

把生命的种子委诸轻风

（1981 年）

牧　　场

冰封雪盖的苏尔塔斯峰
向南一路羊肠小溪
中穿倾斜的青青草色
一直到远野才消失。

牛羊在陡坡踩出的横路
比高山梯田还要密
哈萨克牧者吹如笛口哨
在草上踏着无声马蹄。

（1981 年）

花 灯

永不疲倦地雪白皎洁

散布光辉在最初节日

冷暗中温暖了众人的心

使所有的颜脸更美丽

风轮旋转在栋梁

云气无声地流过纸面

有月相照

有花装点

相处虽短暂又分别

一生对它长忆

1982 年 2 月 2 日夜

婚礼祝词

为有云南永恒的春天

送来这位纯洁高尚的新娘

千年文化的古城

用元宵佳节的光明

照耀无限幸福的新郎

我们这些用文字

耕耘美好心愿的人

已经在数千里之遥的一条红线

看出了什么是无私的爱情；

目光啊，心灵啊

看得更远，想得更深

大地上存在着伟大的献身精神

能够战胜一切自然和人间的不平

1982 年 2 月 9 日

开封相国寺

当日的皇家寺院

原貌已大部灭踪

中原一宝沦落于洪水

留下吹过废墟的风

几经更换的统治者

审视这为藏污纳垢的地方

新时代的修复

徒引人叹息和迷惘

有时轻羽般的盛名

在无数灾难中飞散

剩余给我们的

其实是一小堆破烂

任你再追问

也难接近从前

还不如那喷泉，那竹影下游鱼

能领略生活有多么斑斓

1982 年 2 月 17 日

宣传部长

一切尚未成材

就听伐木丁丁。

你越过职位

将蔷薇的芬芳细闻

心里醒来诗人的不平

与朦胧的音调合拍

探索发生低沉的吼声

你的宇宙

也有梦幻

也有雷鸣。

春鸟叫唤已整整三年

能不留声就跟春天飞走吗？

你的年轮

印着从下到上的历史

知道的情景最深

为烈焰中翱翔的丹凤

不至渴死

你从天河斟来几杯美酒

让年轻的红唇啜饮

再向万簇百合的天空飞升

读你的诗

我以为是大学生

谁知在五十年代末

你只是个应征入伍的兵！

1982 年 2 月 17 日

你 在 哪 里

脚踏柔软的细砂

眼望夜的大海

一行鸿雁从头上月空北飞

把我的思念带向无定的远方……

你是仍然关在小屋

守着昏暗的油灯伴着诗

或是独坐山石，满怀忧郁

悲伤的女友呀，你在哪里？

那一天，茫茫牛毛细雨中

我们全年段上山植树

我扛锄在前

你抱树跟在后头

我挖洞，你弯腰植苗

从下面向我投来眼波

我的心起了抖动。

此后，我老希望天再飘毛毛雨
我们再到山上种树。

你是我语文老师的独生女
从小失掉慈母
父女相依为命
来到海边中学寄读。
你的父亲病了
我到你家中探问
你端出新沏的龙井茶招待我
请我到你的小寝间坐。
在你小小的书桌上
有几件小巧的玉石古玩
都是你母亲的遗物
我问你最心爱哪一件
你捡起椭圆形的红玛瑙戒指珠
捧举到我胸口，说：这一件！
看到你双颊动红晕
我的心急遽跳动
手往袋里摸出早就为你写好的诗
塞在你手里。

那时节，春正萌动
多少次在槐荫下
我为你背诵普希金的《罗曼斯》

你为我低唱"在田野小河边"

看着你瞳仁里的光焰

听着你清泉绕石的潺响

我感知你心中

有精密细致的愁思

有柔韧绵长的忧伤

我苍白的脸

在你的泪池泳动

我瘦弱的身影

在你愁海里流连……

暑假前一天

清早我在古榕下

你来了，挨着我坐落

好久都默默无语

手在腰兜摸索

终于掏出那心形的红戒指珠

说：送给你！

我攀上参天的古榕

摘下一片绿油油的叶子

捧献你面前——

收下红心

报以绿意。

晴朗的天忽然雷声震震

你父亲被打成"右倾"
遣送回籍劳动
你从学校给乡下的我来信
希望我去送别。
那天晚上
双双来到南门海滩
你泪眼凝望天上一轮满月
乱发半遮微仰的脸
泪水从睫毛掉落纵横如栏杆
久久注视我，然后朗读般说：
"看今晚的月亮多圆
照着我们在海滩上
明晚，它就缺了
照着你我天各一方。"
你立即扑向肩头号啕恸哭
我滚滚的泪水洒你发上
却摸出手帕
一遍遍为你揩泪。

从此你被抛向遥远荒僻的山间
几度来信，几次迁移
风筝断了线
再也不知你飘向何方
你最后的信上说：
咳嗽不停的父亲消逝了

孤零零的你守不住破屋

要到遥远天底下黑暗的洞

从入口到出口滚转十小时

领取八毛钱的工值

洪水既未能把你沉没

只好让它冲走去漂泊

不忍叫那片榕叶随你沦落

把泪洒在叶脉网上

寄还给我，让我珍重……

难忘的过去，无望的将来

相逢相别虽如隔世

再难拼合的碎片

犹在心头萦回。

生命无从把定

时序又十度更替

落魄绝望的我

思念向远空搜寻

对着泪痕依稀的手帕

一千声一万声呼唤

你在哪里？你在哪里？

1982 年 2 月 18 日

盆 中 榕

把庞杂的自然精简在盆中

让原野风光移入家屋

故乡人人挚爱的榕

经心地剪裁培育之后

短干细根千奇百怪

青枝绿叶无风起舞

有限的空间表现无限的美

人工超过造化

这就是艺术

1982 年 2 月 19 日

洛 阳 古 墓

死的阴宅中
开出奇异的花朵
搭架时间的长桥

相隔相亲
青龙和白虎
爱情永存的象征

梦幻的水莲
向四外张开千瓣
为不朽的毛发飞扬

乌鸦和白兔
树影朦胧中的日月
囊括宇宙万象

星悬冥间

云弛在地府

哪里都无永留的黑暗

对死

犹未中止生命的思索

何况人间

1982 年 2 月 24 日

白马寺

第一颗异邦宗教的种子

落入中华沃土

这里便是祖庭

慈悲的双眸

月一样安详，水一样平静

在专制的暴力下

宣布众生平等

经历许多世代

新鲜活泼的想象

认识了自己的追求和使命

大殿屋顶的四角

立着四个"走尽人"——

庞涓，韩信，周瑜，罗成

历史和信仰结亲

石碑上赵子昂的手迹

笔锋磨灭

已如暮雨纷纷

穿过人类理解的边缘

弃绝生命的笑声

不动感情的冥思苦索

拭不净哭泣者的泪痕

昨日的幻影消逝的梦

总比乱臣贼子的谎言

多一些理性

不需现代的扮装

它是该兴就兴，该灭就灭

帘幕后思想的芳芬

尚能吹到正直人的心

1982 年 3 月 6 日

地 下 兵 将

烽火台熄灭两千年。
骊山默默无言。
苍茫天宇下
所有的山坡遍布石榴园。

夏去秋来季节
成熟的石榴一片红焰
燃遍平壤，沟垄，山冈
一直烧到秦始皇的陵墓上

这正如当年项羽
率领十万江东子弟
漫山盖地汹涌而来
手持火把将一切烧毁
宫室，大殿，珠宝，细软
一草一木都难幸免

复仇的呼声震动大地
所有的眼睛都映照火光。

旧皇朝的精锐士卒
瞬间烟飞灰灭
宫殿塌倒的尘土
却埋下另一种部队
秘密保存两千年
史书没有记载
几年前农民挖井
才发现这奇迹

一行行，一队队
六千陶土烧制的兵马俑
在地下森严整齐
冰冷地握拳闭嘴
一样的细长身材
一样的威武雄健
仿佛是当年的秦军将士
不可阻挡的阵势

建起巨大玻璃宫笼罩着
一点一滴地整理
向全世界展览
穷兵黩武的始皇帝

多么密谋远算

多么宏伟的组织能力

死后还埋伏了

盖世强大的卫队

1982 年 3 月 14 日

河西走廊月夜

带四分之三光轮的圆月

滚过镶银边的暗云

垂下红色的流苏

抚触墨黑山顶

在双层玻璃的车窗上

幻成三个月亮并行

当夜色澄清

空间透明

阴影却十分浓重

寒气更加逼人

我感到高原的诱惑力量

强烈光暗激荡在心

1982 年 3 月 24 日

雨中牧野

起初，棕色的云浮动头顶

灰色的云遮住了远山

绿色的云牵落草上

寥廓中的平芜有如烟波

升起燃烧牛粪的淡淡青烟

帐幕是草海中的船帆

率领着牦牛和羊群

渐渐，灰云从远方侵来

雨的暗雾拖到地面

一时昏天黑地

只有草是绿的

羊群变成灰色的军队

牦牛成了黑色战马

像是古代的战阵如云

风雨中敌兵来临

四边鼓声起

铁马交锋，阴寒四闭……

终于雨过天晴

野旷无战声

天地一时都成绿色

仿佛是受了魔杖点化

历尽了痛苦辛酸之后

牧野又把方向辨认

想望得心痛的

多少希望在绿色中储存

1982 年 4 月 1 日

塔 尔 寺

一个宗教领袖的诞生地
团结了广袤地域的强悍民族

连清朝的皇帝都知道
兴黄教是为了安抚众部落

永劫葬送了美好的每一天
信仰却没有别的可代替

即使是困苦中的金碧辉煌
我也不敢轻视

当外族侵侮的时候
寺庙曾是抵抗的中心

那些保卫祖国的英雄

也由喇嘛率领

挂满刺绣和陈设酥花
表现了地方和民族的文化

坚固围墙和连座白塔
也辉跃着自卫的傲然之光

神妖莫辨的信念
过去和现在都一样

我所向往的精神文明
依然是信仰

这祈求和朝拜的地方
欲念必有一个兴亡过程

在旧的感觉的残迹上
谁来踏出一条新路？

1982 年 4 月 2 日

红杏商场

这一枝春天的花

在桥下临水地方铺展

笑意盈盈，向过客

传递未来生活的信息

那色彩，那气氛，那明亮

使每颗心都感到振奋

因为消失了一片垃圾

所有的人更加相信

奋起的双手

能叫一切腐旧和肮脏

都让位给辉煌文明

1982 年 4 月 21 日清晨

山中宝石

高山林木在神秘的朦胧中
城市层楼有不可思议的光芒
中心辉跃着青少年宫

冰凉的大理石柱子
白雪一样的台阶
引领着透明的心灵
走向圣洁的未来殿堂

生命的风
世世代代吹扬不息
给我心头带来炎热
又带来过冰冷

脑子里树立一座座纪念碑
空话已不再动人

现在要忙别的事情

潜入最深的现实
上升无所不包的爱情
诗歌和科学已是同路人

在思想和生活中
进行从未有过的革命
理解了就默不作声
一切重在实行

这绿山，这新城市
时间浇铸了新一代
眼前不再是惯常的路

自由之径在展开
知识的丛林在生长
春风吹抚心的细瓣
使每一双眼瞳更辉煌

因为有这颗结晶
给青峰碧城以无限希望
一片清澈见底的忠诚
在所有青少年心中

1982 年 4 月 22 日雨中

三 明 一 中

抬头望，绵绵细雨中

两个贴肩的少女合看一本书

张开的花伞高悬在头上

四周都是淡绿闪亮的枝叶

美在青春的友爱中颂扬

左边是高低绿树中的教室

右边是宽广平坦的球场

中间一道玲珑透剔的宫墙

分别涂上活泼的红，宁静的蓝

美在色彩的心理学上发光

层层的石阶引向高山

层层的绿树覆盖在头顶

纵深好像圆穹，好像帐篷

将凉爽安静输送给眼睛

美把心灵的琴弦拨动

别具巧思的喷水池上
穿制服的学生凭楼观赏
从短墙中空的栏杆里伸出
精心设计的绿竹和芙蓉
美在潇洒的风中吹扬

1982 年 4 月 23 日清早

（收入《蔡其矫诗歌回廊·翠鸟》）

三游洞的长春藤

中午醒来的绿叶瀑布，
沉重的长发垂天拂动，
一股热情的凉阴
带泪渗入我心。

太阳在上面转动光晕，
亮水自低处照明，
为众生而接触忧伤
用烧焦的热吻。

啊，凝住沉思的蔓枝，
清风活在你的藤内，
密丛中裹着梦脉
一段无声的乐韵飘起；

焰光的孤影下
青翠的山都不如你！

1982 年 6 月 23 日，宜昌

（首发于《星星》诗刊 1982 年 12 月号，后收入《迎风》等）

屈原在故乡

端午节欢乐与悲伤参半的波涛

听见他清晨步履的音响

两千两百六十年他在故乡

占有民心最神圣的地方

而民心是世界上最伟大的力量

不必细说他的光辉

有如历史长空明亮的星

照耀诗，照耀苦难的大地

照耀每一次探求真理的梦

带着金色语言的芬芳

今天他胸中自由的海洋

正在晨风吹扬的宇宙滚动

大地上所有美丽花草和人物

都来自他纯洁深情的波浪

1982 年 6 月 25 日，秭归

（首发于《诗刊》1983 年 1 月号，后收入《迎风》等）

昭 君 村

雨滴消散了炎夏
湿透许许多多焦渴的心
思恋已久的山村
原来是常见的古朴幽静

啊！月亮肤色的女郎
不必向哀怨里凝注
改尽所有如泪的诗句
梦中来楠木井与水共眠

恒久不灭的塞上琵琶声
诉说的是超世的胆识
藏在云后的万千追忆
全是源于美丽的灵魂

让临溪松散的黑发
永远飘拂橘林

1982 年 6 月 26 日

（首发于《诗刊》1983 年 1 月号，后收入《迎风》等）

秭归之夜

菊瓣新月浮悬岭上

大山浓影只露静水一片

仿佛长江并无来路

这里便是它的起源

栏杆围护的高崖路旁

淡装的姑娘隐身黑暗

在专注的等待中

倾听远水喃喃

眼里闪射羞怯的爱之幻梦

热情把唇上的罂粟点燃

自由带来的初生气象

吹奏凉风闯进我的心坎

远古唱竹枝词的地方

爱之花依旧鲜艳

1982 年 6 月 29 日

（收入《迎风》等）

神 女 峰

弱小的女子，你为什么
孤单地站在高寒的峰顶凝望，
当冷雨飘洒，云雾缭绕
仿佛作为一支黎明的歌
召唤成千的船只与风帆？

没有哀怨，也从不诉苦，
亘古以来就与风霜较量，
一次又一次粉碎恶魔般的气候，
把青春和幸福的雨云，
撒落到人们最深沉的梦中。

自由女性的象征，美和灵感之神
向我抛下纯洁如雪的手巾
挹尽大地所有的热情
让我走上新的行程。

1982 年 6 月 30 日，巫山

（首发于《诗刊》1983 年 1 月号，后收入《迎风》等）

雾中潭头

在这温暖的
雾雨的临海平原上
到处是一片白色
到处飘浮着寂静。
看不见早晨的花
也看不见早晨的树
无论高山和大海
都因为寂寞而默默伤神。
唯有路边的麦苗不甘沉寂
犹自漫卷青色的波浪
在细雨中唱着温润的歌
召唤着明日银铃似的笑声。
啊，这土地，这平原，
即使看过一次的人
也未必不在心中
梦想那些灼热的眼睛
闪烁在阳光明媚的早晨。

1982 年 6 月

（收入《福建集》等）

海 滩 上

强大的暴风

大自然盲目的力量

在海空之间响起一连串的尖啸

驱赶墨黑的浓云

携带冰凉的雨滴

要叫海岸在威严的寒冷中战栗。

但是看吧!

几个欢笑的少女迎风站立

在烟波辽阔的背景上

头发飞舞有如月夜下温柔的波涛

丝绸也不会有这样迷人的色泽,

唇边微笑闪着象牙般明亮光辉

春天的花朵也没有这样柔软纤细。

面对这青春对暴风的胜利

一颗被黑暗笼罩的心

在她们流盼所燃起的火焰中

已烧得炉火般炽热。

1982 年 6 月

(收入《福建集》等)

素　心　兰

虽有暗绿的叶子似剑，
却飞起淡黄的花
轻歌曼舞
在炎热的夏天。
超拔素净，和谐清新，
一缕幽香最醒人，
不与春花争色艳。

1982 年 6 月

（收入《福建集》等）

白 鹭

在暮色苍茫中
一只白鹭突然出现在高空
它的羽毛被晚霞染成金色
有如一粒流星飞向南方。

它在沉静的万有心中
唤醒一种飞翔的激情
群山也不胜于暗云的压迫
以摇动的树发出挣扎的歌声。

1982 年 6 月

（收入《福建集》等）

凤　凰　木^①

红花密丛，

层层赤霞燃烧在绿云之上。

横枝嫩叶，

片片金翎翠羽灿烂辉煌。

与早晨的太阳相照耀，

与轻软的晚风暗中抱，

满腔热忱献给新土地

吐蕊开瓣

在英勇斗争的前线。

1982 年 6 月

（收入《福建集》等）

---

①　凤凰木又称"火树"，来自热带，树略似合欢，高达两三丈，春末夏初满树红花，如同火焰，是东南亚最著名的风景树。

午　后

啊！多么迷人的下午

藏在黄花和暗水中

在纯洁的玉石

冰冷闪光

上头拂动柳枝的影

纤细玲珑

里面水波在悸动

如钟声清亮

忍冬花般柔软

白雪般耀眼

迷惘里觉察到

船只解缆向天空

月亮在海上飞扬；

这永恒的一瞬

震荡在记忆的珠网。

1982 年 6 月

（收入《福建集》等）

晚　色

和大地的夜一起闪烁

是轻淡无垠的彩虹，

透过迷茫的青枝绿叶

是辉煌的炉顶红光，

如火般三月烟花

散落在珍珠色的渔网，

踩碎的玻璃细片

片片铺陈漫长的沙滩，

远方湖面有风吹过

浮起许多金色贝壳

从这里冒出烟缕，好像是

回身放落黑发的云

走进黑暗里去。

1982 年 6 月

（收入《福建集》等）

晴　雾

天空失去痕迹

大地漫在水中

浮着新的苔衣

挂起旧的罗帐

远山消隐，近山浓重

烟的墨汁涂抹林木

人家照耀天外的光

灰色大气浑然一体

垂下柔和的网

使黎明无限延长

光明和阴暗

静寂中交相辉映

惆怅里感到

对生命隐去炙热的光芒

也许是最称心的晴空。

　　　　　　　1982 年 6 月

　　　　　　（收入《福建集》等）

439

宁河小三峡

夹壁龙门阳光幽暗

清凉的感觉踏水而行

欢呼投向迷人蓝荫

峡谷滴翠迎光如金

上面有赤壁钻天摩云

钟乳石千姿百态地悬挂

狂喜震颤在旅人的心

带着感动的泪航溯清流

梭形船冲入如雷滩声

紫光异彩闪现在波纹

高飞的瀑布跃过河身

云台仙女持花拖裙

对美的悬念已经如愿

放怀阅读连绵画屏

1982 年 7 月 2 日

巫 山

群峰隆起云雾的乳房，
青岭再见你裸露的健美，
和鲜丽山花共住，
绕着脸颊开放野蔷薇。

明亮宛如夏天白色的雨，
充满南方青草的香味，
地泉笑得多洒脱，
却听出你胸中的叹息。

既不是泪痕，也不是水滴，
有一道光圈在你眼里，
绝对的茕独统治着埋下明月的清辉；

啊，忧郁的云水
诗的目标之一，是你！

1982 年 7 月 3 日

（首发于《星星》诗刊 1982 年 12 月号，后收入《迎风》等）

白 帝 城

千里急流的高头

很久以前听到一首欢歌

盖过所有记忆中的飞舟

而今字画诗词满目

痴心的他是不败的牡丹

狂放如雄视的飞鹰

一生颠沛流离

在爱情和欢乐的深根

皈依诗神便昂首骄傲

追随历史向前踏步

走入根须盘结的地下泥土

雄美的树开花向我

哀愁上升，欢歌开始

全世界的脏物都沉入忘河

1982 年 7 月 3 日

（首发于《星星》诗刊 1982 年 12 月号，后收入《迎风》等）

奉　节

每条路都引向夔门
且都对落叶逝波思念
谁不为他的辛苦感动
几年流寓写了数百诗篇

穷困潦倒的他
有如一颗受伤的星
高挂在南斗冰冷上空
穿行最深的黑暗

寒村有他的枣树和草堂
为忠贞而付出重大牺牲
却燃起火焰的诗情

受了他的照明
所有的讥讽和谋害
都放在诗中销净

1982 年 7 月 3 日

（收入《迎风》）

鄂 西 山 歌

赞美桃花瓜子脸的魅力；
赞美经年不褪色的甜吻；
赞美草木清香的胴体；
声音翻过重山叠岭。

歌中有泉水，有梧桐树，
这是热焰对凉爽的渴望；
歌中有描写原始巨大的爱，
那是心灵的百合花在开放。

长江波浪的低吟，
船工高亢的号子声，
都用来诉说相思；

这是永不单调的重复：
回忆上次幸福的会见，
哀伤地期待下回相逢。

1982 年 7 月 5 日

桃　花　源

这里的幽谷别有风致。
是谁最初用来附会
那人所渴求的诗？
众人爱诗人
不愿让他的幻梦无根
才造这亭台，这石阶
这潺潺泉水的短洞
这莲池和竹林
在树木青森的峡谷口上。

世乱时穷
反抗暴政的理想
不是寄托于渺茫的天外
而在人世的山水之间
才引动千年来人们的渴望
没有谁肯挑剔

山溪消失了

古洞太小

桃树也很有限……

重要的是语言和思想在成长。

驱散一切渺小的念头

不在卑劣面前低首

保存一颗温柔热切的心

忧愁中也有快乐平静

消除奴役的痛苦

与自由做伴

可以忘却尘世的纷争

但永远蔑视秦政！

秦皇的陵墓荒芜寂寞。

东晋那些凶顽灰飞烟散。

这里的清凉却历百代未衰

胜利不属破坏者

诗的火光至今不灭

一代又一代的人高举它

寻找新的园林

千年愿望的坚贞

有堂前的罗汉松作证。

1982 年 7 月 18 日晚，湖南常德

（收入《迎风》等）

湖南张家界

汽车后面拖着一条黄龙

我多么渴望雨滴

二千八百柱缓缓上升

向我流来绿色音节

山不再是山

升空为鞭，为枪

为碑，为笔

自然的沉默

并非真正的沉默

所有的手臂都托着神话

所有的悬岩都有故事

人间的痛苦辛酸

亿万年的刻痕犹在

都在荒凉中储存

破碎的记忆

皱纹密布的眼睛

极力向天空瞪视

晒焦的皮肤

早把油脂溶蚀

像蜡烛停止燃烧

像梦的轻烟上升九霄

陶醉中突然凝止

单峰孤石互有距离

环立如同列队

好像千百战将云集

持戈跃马纷纷奔驰

向着波涛的铜墙铁壁

竖起直立的尾鬃

追逐高悬空中的风帆

晚霞来到

落日的余光照耀各个峰顶

所有山崖都变成青春之神

在迷茫中摆动颀长腰身

当红日刚升
晨星如发亮雨点
所有山谷穿起彩色衣裙
绿浪依偎含苞红莲
唱出爱的深情厚意
⋯⋯
啊岩石
如果你确有生命
请接纳我的离情别绪

最神圣的庙堂是自然
我的心像鸟儿向你飞来

为什么人迹难到的险境
才幸存自然的神奇？
不能老是掩过饰非
不能无止境地实行掠夺

我痛恨对往昔的单相思
那睡意蒙眬的眼睛
只为怀旧充溢

我厌恶无穷的拾人牙慧

精神上惊人的贫乏

对自然并未真正认识

我痛心刀伤太狠太深

难道不发现，不创造

只有破坏摧毁？……

1982 年 7 月 18 日

（首发于《诗刊》1984 年 5 月号，后收入《醉石》等）

张家界（一）

大地的千支百柱慢慢上升

流动绿色的音节

石头皱纹密布的眼睛

对天空凝视

蝉的鸣声

石蛏的低叫

晒焦的皮肤

早已把油脂溶蚀

无数孤零零的躯体

带有痛苦的心

积雪融尽，又是水湿

平峰孤石互相对立

怎样能够在这僻静中生活

几世纪都无人过问

从根端到尖顶

一半在绿丛中

一半在高空里

你唤醒新时代的信心

从不为冷落哀叹

黄昏的喜悦，清晨的欢快

在微光中睡眠

只有树作常伴

杉木林的阴森之气

神奇得使人不相信自己的眼睛

环立如同列队前行

有为战将如云

列阵为涛，持戈跃马

纷纷奔驰

林立的城堡

静默中的喧闹

刀伤太深太狠

滴血的痕迹

光着身子

给你们的名字都不合适

远至云间隐没

从前与世隔绝

像蜡烛停止燃烧

像梦的轻烟上升九霄

陶醉中突然凝止

在茂盛草木中颠踬步履

浸在阳光的釉彩里

所有的都是不可接近的梦寐

寂静在周围沉浮

竖起马的尾鬃

高急空中的风帆

既然自得地发光

不怕下坠的危险

在清凉的蝉声中

心灵在万木的怀抱里

无声地展开翅膀飞翔

因为感动

而升起在无垠的天空

莫测高深的造化啊

中午、黄昏、清晨

无边苦海的快乐岛屿

红日的王冠

央求你不要打断离情别绪

在爱情的浓荫下

留下一个个欢乐的回忆

岩石道出亿万年的历史

唱出爱的深情原意

最美丽的宗教是爱情

最神圣的殿堂是自然

我的心像鸟儿向你飞来

找到了安静与休息

青春之神的颀长腰身

围着松树织成的腰带

徜徉在新的意境

绿浪依偎着含苞红莲

中午的炎阳被浓荫隐过

黄昏的霞光有如热海

晨星如发亮的雨点

朝阳在铜墙铁壁上露出有如红球

所有的阴崖山谷

都出现彩色衣裙

闪烁着红色微笑

被晚霞温暖了的黄昏

1982 年

张家界（二）

心是飞起黄蝴蝶

纤手拈着蓝蜻蜓

山不再是山

幻梦与幻梦重沓而来

向生命的众多形象

红沙岩不再是红沙岩

没有寸土也有植物

橙色与绿色相衬

岩石从枝叶升起

又乘载枝叶

一如刀砍般笔直

上升为鞭为柱

为枪为牌

生命的沉默

并非真正沉默

沉默后面

都有美的旋律

叫人想入非非

亿万年的纪录犹在

破碎的不是记忆

这是活的史书

所有的悬岩都有故事

所有的手托着神话

叫你去猜

拔地向天的群象

人事的种种艰辛

喜怒和哀乐

都是世间的边缘

难道人间美景

我们只知拾人牙慧

不能发现，不能创造

只有破坏？

对往昔的单相思

只对已有的实行掠夺

愚蠢，卑下，患软骨病

睡意蒙眬的眼睛

为怀旧充满

红衣在绿水上

对自然的美并未真正认识

穿凿附会

只实无虚

精神上惊人贫乏

还得拜古人为师

又不能离开现代

被风吹起的头发

水光照耀的眼睑

为花燃烧

楠木林的层荫

托出窈窕身影

水中卵石

闪射羞涩的笑

紫草潭的红岩石

跳鱼台的绿垂柳

坐的立的是今天的新人

脚迹不到的地方

才真有神奇

不能掩过饰非

到处都有破坏的痕迹

只有最艰险地方

才保存自然之美

经过许多干旱山陵

汽车拖着一条黄龙

大自然的蛮性

荒凉中的妩媚

海望着雨滴

无云的天空火烧一般

1982 年

武 当 山

还在开山炸石

车一直开到南崖下

登上陡坡

人说这是乌鸦岭

从前有密密层层参天大树

枝上停落无数鸦群

香客来到

从黄袋里拿出玉米向上抛去

乌鸦飞来叼走

没有一粒回到地上

现在呢？大树不见，鸦群迁走

岭上光秃秃叫人伤心

南崖的寺庙仿佛也干涸了

石雕的龙头香再无凉荫

帝王的恐惧

耗尽中原和西南的人力物力

十年役使二百万人

在荒山中建起无数道观

银城和金殿

制造一个解不开的神秘

太子岩的太子是谁

篡夺者的容貌铸入神像

奉祠的是他自己

威风居然也压倒嵩山华山

三百年就已经荒草凄迷

试心石无光

黄龙洞无水

到处是残迹废墟

只有山风多情

榔梅祠前带来阵雨

点点滴滴如泪

洗去心头的怨恨

千盘万折上到绝顶

已是月在中天的黄昏

庄严冰冷如同铙钹

镀上忧郁的银色

编织出许多星群

啊，暗绿的山

夜海浮动着黝黑的礁屿

松树手摸天幕

空气是醇酒

狂饮而未沉醉

唯当晨星高挂

云海如飞卷的瀑布漫过闸门

淹没所有的山谷

欢欣的白菊迎光开放

额前甩舞着刘海

连衣裙为晓风吹扬

有如灵魂高飞

冰清玉洁的春天嫩枝

展开快乐的双肩

眼里含着闪亮的泪水……

既然神明暗淡

应让人物光辉

于钟磬交鸣中

挥动生命的彩旗

1982 年 7 月 26 日

（收入《迎风》等）

少 林 寺

信仰与尚武结合
壁画记下它的历史
从十三支根棒救秦王
到厨下和尚抗红巾
寺的背景分明

唐王留下他的签署
少林被焚毁三次
声名远布南北一千年
亡命徒成酒肉和尚
不是没有原因

少室山阴的林木日稀
荒漠中的信仰
已为览胜所代替
不再当作供奉的神像

恢复正常的美

精神的探索
原来就有众多歧路
包括过去的神秘
生命的本性为欢愉
原始信念是解放自己

1982 年 7 月 26 日

杏 花 村

风流的杜牧

一首寂寥的诗

好比忧伤的花

千年仍未凋谢

沉默的大地

并不争江南北国

可野史的漫言

犹在耳边低诉

借酒浇愁的曹操

八斗方醉的山涛

其实是心悬万里之外

又暂未飞翔而已

醉中最清醒的李白

典衣买饮的杜甫

历尽丘壑不能奋进

才踯躅徘徊

精神领域的探索

追求更广阔的天地

不需性灵感官的迷失

诗酒为什么要联系？

1982 年 7 月 29 日，太原

（收入《迎风》）

晋祠彩塑

圣母和水母

许多侍女和人鱼

在开阔明朗的园林

光线幽暗的深殿，

再现有宋代女郎，为什么

销尽时间的隔离

传来许多世代的美？

当晨风在寂静的发上吹抚

她坐在瓮形座上

未竟的梳妆

发髻散落肩头，

是为了什么样的永恒

她离开人世艰辛

升上梦的天台？

面对静水和急流
浓荫和疏影，
是不是熟悉的凝视
美之精灵的眼眸
含着爱的低垂目光
以艺术的无畏
宣布美和抒情的世界？

丰满与俊俏
清秀与圆润，
衣纹随着身体波动，
听见她们的细语笑声，
为什么那些闪着灵活火焰
又有妩媚的纯真
永远荡漾着圣洁深情？

颤动的胸脯，
暗地里的叹息，
呼吸像檀香那样强烈，
声音在空中化为静寂，
是那隐约模糊的表情
仿佛黎明中啾鸣的小鸟
在我心中回响吗？

满脸红霞浮云，

喜悦在周围浮沉，

当色彩在衣上闪亮

射出生活的快乐光华，

是不是那顽皮姑娘的嘴角

使沉静的美

充满展翅飞翔的力量？

当佩带从沉睡中醒来，

风又吹舞裙裳，

那诱人的她

心地光明的她

把春阳给予冬日的人儿

是因为美的感动

猛然把欢乐倾注到我身上吗？

1982 年 7 月 31 日

（收入《迎风》等）